죽음이
삶에게
안부를
묻다

죽음이
삶에게
안부를
묻다

2019년 1월 15일 처음 펴냄

기획   김경환, 우은주
지은이   김경환, 김상현, 김윤식, 박태호, 신명철, 우은주,
          유종오, 이하나, 임종한, 전희식, 최대영, 한석호
펴낸이   신명철
편집   윤정현
영업   박철환
경영지원 이춘보
디자인   최희윤
펴낸곳   (주)우리교육 검둥소
등록   제 313-2001-52호
주소   03993 서울특별시 마포구 월드컵북로 6길 46
전화   02-3142-6770
팩스   02-3142-6772
홈페이지 www.uriedu.co.kr

ISBN 978-89-8040-879-5 03810

이 도서의 국립중앙도서관 출판시도서목록(CIP)은
서지정보유통지원시스템 홈페이지(http://seoji.nl.go.kr)에서 이용하실 수 있습니다.
(CIP 제어번호:CIP2019000264)

김경환 김상현 김윤식 박태호 신명철 우은주 유종오 이하나 임종한 전희식 최대영 한석호

죽음이
삶에게
안부를
묻다

| 잘 사는 것과 잘 죽는 것, 그리고 잘 보내는 일에 대하여 |

죽음의 눈으로 삶을 본다면

나는 누구였을까요. 이름 석 자, 평생 살아온 이력, 남모르게 몸 안에 새겨진 빗살무늬 상처들이 촘촘히 원을 그리며 어떤 나이테를 만들어놓았을까요. 내 몸이 재로 사그라지면 나는 나를 아는 이의 기억으로만 남게 됩니다.

사람이 죽고 나면 평생 내 몸을 이뤘던 생명의 요소들은 어떻게 변할까요. 내 몸 밖으로 나간 나의 요소는 다른 생명체로 들어가 생명의 한 부분을 이루지 않을까요. 숨은 공기가 되어 어느 이름 모를 이의 폐로 들어가겠죠. 재는 흙이 되어서 또 다른 생명체로 육화될 테고요. 그러다 그 생명이 소멸하면 지구 어느 곳에서 또 다른 생명을 이룰 겁니다.

그렇게 보면 내 몸 안의 요소는 시간을 거슬러 일제강점기 때 독립운동가의 몸을 빌렸을 수도 있고 열대우림의 우듬지를 나는 새가 되어 추운 겨울을 지냈을 수도 있습니다. 1억 년을 넘게 산 은행나무나 곤충과도 수없이 몸을 바꾸며 함께 살아왔을 수도 있습니다.

이렇게 생각하니 조금 마음이 가볍습니다. 나는 138억 년 전 은하를 만든 원소 중 하나였을 수도 있고, 46억 년 전 지구의 일부이기도 합니다. 미래의 지구 중 하나일 수도 있습니다. 내 몸의 요소는 흙이 되었다, 꽃으로 피었다, 새의 몸 안에서 지구의 반대편으로 날아갈 수도 있습니다.

생명의 순환은 불가사의합니다. 영겁의 세월을 더한들 삶과 죽음의 순환을 알 수 있을까요. 분명한 사실은 삶과 죽음은 하나라는 깨달음입니다. 봄여름가을겨울, 작은 씨앗이 싹트고 꽃피우고 열매를 맺고 시들고 지듯 우리도 그렇게 살아갈 뿐입니다.

많은 이들이 삶과 죽음의 근원, 궁극의 자유를 찾아 떠나곤 합니다. 인도의 갠지스 강에 닿기도 하고, 산티아고의 순례 길을 걷기도 합니다. 죽음에 얽매어 생의 자유를 구속할 필요가 없는 삶을 찾아 나서는 거지요. 그렇게 떠나는 이는 해마다 늘어나지만, 죽음을 넘어선 이는 쉽게 찾아보기 어렵습니다.

비를 머금은 구름의 두께는 수십 킬로미터에 이르고 지구의 생명체 3분의 1이 사는 열대우림 우듬지에는 수십 미터 높이의 신세계가 펼쳐져 있습니다. 바다 속 세상의 90%는 아직 아무도 모르는 미지의 세계입니다. 이처럼 신비로운 지구에서 고작 100년을 사는 인간만 고민을 안고 살아갑니다.

죽음은 소멸이지만 거대한 관계의 사슬로 보면 변화입니다. 죽음의 눈으로 삶을 보면 아름다운 시간을 살아가기 위한 이들의 오늘이 오롯이 놓여있습니다.

그런 의미에서 살아있는 시간은 죽어가는 순간이고 죽음을 준비하는 시간이기도 합니다. 언젠가 예기치 못하게 죽는다는 사실을 안다면 더 적극적으로 살 수 있지 않을까요. 죽음에 대한 감수성을 가진 사람이 더 용기 있고 생명력 넘치는 이유와 같습니다.

매일 죽음을 맞는 장례지도사의 일상을 보고 그들의 고민에 가까이 다가가다 보니 죽음에 대한 생각이 조금씩 구체화하기 시작했습니다. 그들에게 죽음은 추상이 아니었습니다. 죽음이 실존으로 다가왔습니다. 살아온 시간의 길이가 인생의 깊이로 치환될 수 없음을 아프게 깨닫습니다.

그들의 이야기를 들어보았습니다. 그리고 우리가 치러온 죽음을 소환했습니다. 그 시간 내내 무겁고 슬펐지만, 마침내 서로가 위안이 될 수 있었습니다.

이 책에는 모두 스무 편의 죽음에 관한 이야기가 담겨있습니다. 병마와 노환에 시달리다 힘겹게 죽음을 맞이한 사람, 아무도 기억하지 않는 쓸쓸한 죽음, 타워크레인에 깔려 조각난 육신, 연달아 가족 셋을 떠나보낸 유족, 국가폭력에 희생당한 농민, 한국전쟁 때 학살당한 민간인들. 사랑과 후회, 아픔과 고통, 외로움과 가난, 폭력과 저항에 대한 기록이며 평범한 이웃의 최후에 관한 기록입니다.

이 책의 1장은 장례지도사가 맞이하고 배웅한 죽음의 언어를, 2장은 상호부조의 마음을 담은 장례의 풍경을, 3장은 장례의식의 사회적 역할, 기여의 노력을 글로 담았습니다. 깊은 의미를 담은 사연과 장례문화를 바꾸기 위한 시도들이 있었지만 미처 담지 못했습니다.

그 중에서도 충남 공주의 폐교에서 이웃주민과 함께 치른 마을장례와 서울의 한 대형병원 장례식장에서 일회용품을 전혀 사용하지 않고 치른 녹색장례, 국가폭력 희생자들 사례를 더 싣지 못한 것이 아쉬움으로 남습니다.

새벽 창가에 앉아 풍경을 바라봅니다. 어제는 흐렸지만 오늘은 맑습니다. 한 계절이 가고 또 한 계절이 오고 있습니다. 어디선가 아침을 여는 소리들이 조금씩 살아납니다. 살아있는 것들의 숨소리, 몸짓입니다. 죽어야 살고 살아야 죽는 이 오묘한 순환의 고리 속에, 우리가 있습니다. 일상은 심상하지만 그것이 삶을 떠밀고 갑니다.

오늘, 죽음의 눈으로 삶을 봅니다. 더욱 찬란하고 아름다운 시간을 살아가기 위해.

2018년 겨울 인왕산 자락에서

차례

조등弔燈을 켜다
당신과 이별할 시간입니다 73

곡비哭婢가 되어
슬픔이 슬픔에게 147

영결永訣의 아침

오늘도
죽은 이를 만나러 갑니다

오늘도 죽은 이를 만나러 갑니다. 살아있는 사람보다 죽은 이와의 약속이 더 많습니다. 망자의 부름에 응하는 것이 우리의 일입니다. 냉장고에서 차갑게 굳은 그를 꺼냅니다. 한때 따뜻한 피가 돌았을 부드러운 육신. 이제 그는 물체에 더 가까운 존재입니다.

그와 나 사이 적요寂寥가 놓입니다. 말을 걸어도 손을 잡아도 그는 잠자듯 편안한 얼굴로 누워있습니다. 그의 숨결은 어딘가로 빠져나가고 곧 한줌 재로 변해 숲으로 돌아갈 것입니다. 나는 죽은 이를 깨끗하게 씻기고 곱게 꾸밉니다. 말끔해진 모습이 아기처럼 맑습니다. 흉하게 일그러지고 부서진 곳도 촘촘하게 깁고 맞추고 나면 그런대로 보기에 나쁘지 않습니다. 고요 속에서 그에게 입혀지는 수의의 서걱거림을, 육신의 마지막 소리로 듣습니다. 생화生化로 단장한 목관木棺은 꽃가마 같습니다. 꽃 속에 파묻힌 망자亡子도 한 떨기 꽃처럼 보입니다. 조용히 산 이들과 이별을 기다립니다.

산 이들은 그를 보내지 못해 슬픔의 심연 속에서 허우적거립니다. 화가 난 것 같기도 하고 체념한 듯한 얼굴을 하고 있습니다. 복잡한 심경 속에서 허둥대면서도 태연한 척하는 이들에게 죽음은 거대한 장벽이거나 깊이를 알 수 없는 어둠입니다.

가만히 들여다보면 죽은 이가 산 이에게 숨결처럼 조용히 말을 건네는 듯합니다. '괜찮다, 다 지나간다.' 깊은 침묵이 위로를 전합니다. 이럴 때면 삶과 죽음이 맞닿아 있다는 생각이 듭니다. 동전의 앞뒷면 같이 태어나는 순간부터 생명은 죽음과 붙어 다닙니다.

오늘도 죽은 이를 만나러 갑니다. 또 어떤 이를 만날지 궁금합니다. 오늘 떠나보내면 내일 새로운 이를 만나고…. 그러다 어느 날 때가 오면 나도 죽은 이가 되어 산 이가 만나러 오는 순간이 오겠지요. 가을겨울 지나 봄여름 오듯 그렇게.

모든 죽은 이에게 인사를 전합니다. 최선을 다해 살다 간 당신의 명복을 빕니다. 그리고 산 이에게 전합니다, 언젠가 그날이 오면 영면永眠을 빌어주기를.

죽음이 삶을 위로한다

박태호

사람이 사는 동안 심장이 덜컥 내려앉는다는 느낌을 받는 경우가 얼마나 있을까. 물론 사람에 따라 다르긴 하겠지만 나는 살면서 열 번 정도 그런 경험을 했다. 그 중 첫 번째는 어느 상조회사에 입사해 처음으로 입관할 때였다.

나는 대학졸업 후 번번이 취업에 실패해 힘들어하고 있었다. 그때 상조회사에 다니던 선배가 입사 제안을 해왔다. 상조회사가 뭔지, 어떤 일을 하는지도 모른 채 그저 돈을 많이 벌 수 있다는 말에 선뜻 제안을 받아들였다. 입사 3개월 동안은 일종의 수습기간으로, 숙소생활을 했다. 첫날은 숙소에 짐을 풀고 다음날 새벽 '선임'과 함께 부산전문장례식장 입관실로 출동했다.

"내가 하는 거 잘 봐둬. 앞으로 네가 직접 해야 할 일이야."

선임은 50대 후반에 장례식장 경력이 많은 서울사람이었다. 그

때까지만 해도 상조회사의 규칙은 나이가 많건 적건, 경력이 길건 짧건 철저히 위계질서에 복종해야 했다. 그 위계질서가 강하다는 해병대 기수까지도 무시하고 회사에 입사한 순서대로 철저히 군대식으로 엄격했다. 50대의 선임도 서른 살씩이나 어린 선배들에게 깍듯했다. 심지어 담배 심부름까지 해야 했다.

커다란 가방에서 이것저것 꺼낸 선임은 입관 준비를 하기 시작했다. 탈지면을 자르고 접고, 멧베를 잘라 고깔을 만들고, 가위질을 해서 대렴을 하기 위해 21매를 만들었다. 그 당시 일을 배우는 방식은 도제식이었다. 체계적인 교육훈련 없이 그냥 어깨 너머로 보고 익히는 것이다. 이것이 어디에 쓰이는 것이고 어떻게 만드는지 설명하지 않았다. 첫 입관이 끝나기 전까지는 아무것도 알 수가 없었다.

관 위에 준비물을 나란히 정리한 후 입관실 옆 안치실로 갔다. 선임은 TV에서만 보던 여러 개의 냉장고에서 고인의 이름을 확인한 후 조금의 망설임도 없이 문을 열었다. 이때 심장이 덜컥 내려앉았다. 난생 처음 시신을 보았다.

하얀 시트에 덮여 철판 위에 누워있는 할머니의 시신을 보자마자 기겁하며 나도 모르게 흠칫 뒤로 물러섰다. 선임은 이런 나를 보고 어이없어했다. 선임은 고인의 손을 잡고 쥐어져 있던 손가락 관절을 서서히 풀었다.

전혀 모르는 다른 사람의 시신을 보는 것도 쉽지 않은데 만지는 것은 더욱 힘들었다. 어쩔 수 없이 선임이 했던 것처럼 손가락을 잡는 순간 갑자기 시신이 내 손을 움켜잡는 게 아닌가. 순간 머리털이 주뼛 곤두섰다. 설마 시신이 내 손을 쥐었을까마는, 내가 받은 느낌은 선명했다. 굳은 손을 펼 때 한 번에 펴지지 않고 다시 돌아오는 경우가 종종 있는데, 그때는 그걸 몰랐다. 가까스로 벌벌 떨리는 마음을 추슬렀지만 그 순간의 촉감과 기분은 잊히지 않는다.

예전에 시체 닦는 아르바이트를 하는데 누워있던 시체가 벌떡 일어나서 기겁했다는 얘기를 들은 적이 있다. 아마 나처럼 겁 많은 이가 과장해서 표현한 것이 아닐까 싶다.

첫 입관이 끝났다. 난 아무래도 운이 좋았던 것 같다. 아니면 이 일을 할 수밖에 없는 운명이었던 걸까. 고인은 비교적 깨끗한 시신이었다. 고령의 할머니는 마치 주무시는 것처럼 편안해 보였다. 그 흔한 복수腹水나 욕창조차 찾아볼 수 없었다.

죽음의 형태는 다양하다. 노환, 병치레, 사고, 자살…. 다양한 죽음만큼이나 시신의 모습도 천차만별이다. 이별을 맞이한 유족의 슬픔 또한 여러 모습이다. 슬픔을 애써 참기도 하고, 울다 실신해 응급실로 실려 가기도 한다. 관 뚜껑을 닫지 못하게 억지를 부리거나 무덤에 같이 들어가겠다고 몸부림치는 경우도 있다. 어떤 경우에는 고인을 막 때리기도 하고 장례지도사에게 욕설을 퍼붓기도 한다.

만약 첫 입관부터 심하게 훼손된 시신과 힘든 유족을 만났더라면 나는 이 일을 시작하지 못했을 수도 있다. 다행인지 불행인지 이렇게 나는 어린 나이에 장례지도사가 되었다. 처음에는 기술을 익히느라 바빴고 어느 정도 기술을 익히자 돈을 쫓느라 정신이 없었다.

'부사수' 시절, 한 달에 30번 이상 입관을 했는데 거의 대부분 노잣돈이 나왔다. 기본급 80만 원을 받던 시절이니 노잣돈이 월급보다 훨씬 많았다. 물론 지금은 노잣돈을 요구하는 경우는 거의 없다. 수도권뿐만 아니라 지방에서도 거의 없어졌지만 간혹 유족이 올리는 경우가 있다.

나는 젊은 나이에 평범한 직장을 다니면 벌기 어려운 큰돈을 만질 수 있었다. 추가를 요구하고 뒷돈을 받아 몇 백만 원의 수입을 올렸다. 유족의 슬픔을 이용해 내 주머니를 채운 것이다. 내 얼굴에는 번들번들 기름기가 돌았다. 유족이 인간이 아닌 돈으로 보였다.

나는 갈수록 부패해 갔지만 타락하는 줄도 몰랐다. 그러던 어느 날, 나를 이 길로 이끈 선배와 통화할 때였다. "야 너 요즘 잘

나간다며? 오늘은 어땠어?"

"오늘 완전 개털이었어요. 유족들이 완전 짠돌이야."

선배가 잠시 말을 멈추더니 한마디 던졌다. "너도 이제 완전히 망가졌구나!" 모골이 송연해졌다. 그제야 괴물이 되어가는 나와 선배들의 모습이 보였다.

한때 정의로운 사회를 만들겠다며 청춘을 불태우던 내가 어쩌다 이 지경이 되었을까. 환멸이 몰려왔고 부끄러움에 얼굴이 달아올랐다. 거울을 볼 수조차 없었다. 며칠 밤을 지새운 끝에 나는 장례 일을 그만두기로 결심했다.

정말 운명이란 것이 있을까. 다시는 안 한다고 맹세했던 장례 일을 다시 하게 되었다. 무슨 일을 하면 좋을까 궁리하던 참이었다. 내 고민을 잘 이해하며 퇴사를 안타까워하던 전 직장의 상사가 연락을 해왔다. "깨끗하고 좋은 상조회사를 준비하는 사람들이 있다. 뒷돈도 안 받고 바가지도 안 씌운단다. 모든 재정은 투명하게 공개하고 공동체 장례문화를 만들어간다고 한다." 그러더니 한번 만나보겠느냐고 물었다.

그렇게 '공제조합형' 장례회사를 준비하는 사람을 만났다. 상호부조라는 단어가 매력적이었다. 이사진들 또한 평소 내가 존경해오던 사람들이었다. 마음이 끌렸다. 그래도 마음속 한 곳에서는 '그게 가능해?'라는 부정적인 생각이 드는 게 솔직한 심정이었다. 그때 내게는 인생의 반전이 필요했다. 그 전 상조회사에서의 부끄러운 일들 때문일까. 나는 속죄하는 기분으로 그 손을 잡았다.

그렇게 다시 고인을 만나기 시작한 지 10년이 지났다. 나는 뒤늦게 진정한 장례지도사로 성장하고 있다. 이전의 나는 주머니를 두둑하게 채우는 것만이 최대 관심사였다. 이제는 어떻게 하면 조합원 유족의 장례비용을 최소화하고 고인을 정성껏 모실지 고민한다. 유족 입장에서 생각하게 되었고 유족을 위하는 일이 무엇인지 최선을 다한다. 사랑하는 가족을 다시 볼 수 없어 슬퍼하는 유족을 보면 더 잘 돌봐드리지 못한 것이 미안하고 죄송하다. 후회와 안타까움, 아쉬움 등 복잡한 심정과 상처받은 마음을 조금이나마 치유할 수 있을지 생각한다.

10년 사이 많은 것이 변했다. 사랑하는 여인을 만나 결혼도 했고 눈에 넣어도 아프지 않을 딸을 둘이나 얻었다. 내 수입은 10년 전 상조회사에서 일할 때의 절반 수준으로 줄었다. 하지만 마음만큼은 그 어느 때보다 풍족하다. 장례지도사로서 이보다 더한 행복이 어디 있을까. 아이에게 정의와 양심을 말할 수 있어서, 무엇보다 유족을 인간으로, 내 피붙이처럼 대할 수 있어 행복하다.

당신은 꽃

김윤식

새벽 5시. 좁은 거실의 한쪽 귀퉁이 불을 밝히고 셔츠의 마지막 단추를 채운다. 풀어진 것을 묶을 때는 마음도 함께 조인다. 셔츠 위에 넥타이를 매고 슈트를 걸치고 미리 내려 냉장고에 넣어 둔 커피에 얼음 몇 개를 넣고 혹여 가족이 깰까 봐 방문 틈으로 살핀 후 조용히 집을 나선다. 장례식에 쓸 꽃을 사기 위해서다.

장례식장에 배달되는 화환 말고도 꽃은 또 다른 쓰임새가 있다. 관 안을 풍성하게 장식할 때 사용한다. 애초 시신은 톱밥 뭉치를 종이에 싼 보공으로 흔들리지 않도록 고정하면 그것으로 끝이었다. 우연히 화환의 꽃을 버리기 아까워 시작한 일이 이제는 꼭 필요한 의례가 되었다.

고인의 시신이 누워있는 관 안을 꽃으로 장식하고 나면 훨씬 생기가 돈다. 얼마 전부터는 생전 고인이 좋아하던 꽃으로 장식한다. 장례를 치를 때마다 나는 꽃을 사러 새벽시장에 간다. 꽃을 사는 행위가 고인에게 주는 마지막 선물이라는 생각을 갖게 되었다.

서울 강남의 꽃시장에 이를 즈음이면 어김없이 길이 막힌다. 천천히 커피 한 모금을 넘기며 내가 놓치는 삶의 속도에 대해 생각한다. 쉽게 지나친 것은 없었을까. 꽃시장에 다다르면 그런 의심이 더 강해진다. 허겁지겁 살고 있는 건 아닌가. 애면글면 살다가 죽으면 다 무슨 소용인가. 매일 죽음을 만나고 있으면서도 나는 삶의 여유와 행복에 대해 가끔씩 잊는다.

꽃시장에 도착하면 으레 슈트를 벗고 넥타이를 푼다. 꽃을 사러온 꽃집 주인처럼 보이기 위함이다. 사이드 브레이크를 올리고 소매를 두어 번 걷은 후 차에서 내린다. 팔을 위로 높이 들고 크게 기지개를 켜고 숨을 크게 들이켠다. 잠의 올무에서 벗어나려는 안간힘이다.

꽃시장 입구 앞 도로에서 야생화처럼 생긴 꽃을 발견한다. 아스팔트 틈을 비집고 올라온 가냘픈 생명이다. 힘겹게 뿌리 내리고 척박한 하루를 시작하는 이름 없는 잡초와 야생화들. 비닐하우스 안의 꽃에서는 볼 수 없는 강인함을 느낀다. 그것은 일상에서 무관심하게 스쳐간 인연들을 떠올리게 한다. 그런 이들과 더

붙어 사는 삶의 소중함에 대해서도.

3층 엘리베이터가 열리면 고요한 아침은 사라진다. 북적이는 인파와 형형색색의 생화로 가득하고 소란스럽다. 나는 오늘 꾸밀 장식에 필요한 꽃에 집중한다. 살아서 아름다웠을 고인을 위해 무슨 꽃을 준비할까.

장례 일을 하다보면 삶과 죽음의 경계가 무의미해진다. 어떤 삶이든 결국 꺾인 꽃이 된다는 생각에 이르면 일상에서 만나는 이들에게 관대할 수 있다. 입 꼬리를 살짝 올리고 한 발짝 뒤로 물러나 내 것을 내주는 삶이 되자는 마음을 새기게 된다.

어린 시절 나는 셀 수 없이 많은 꽃을 선물 받았다. 봄이 오는 들녘의 꽃, 초여름의 아카시아꽃, 길가의 창포꽃. 집 밖을 나서면 언제나 만날 수 있는 쑥부쟁이와 구절초, 들판 굽어진 뚝방 변에 피어난 이름 모를 꽃들. 가을에 접어들 무렵이면 신작로 변, 콩나무도 자랄 수 없던 척박한 모래땅에도 코스모스가 만개하고 아이들은 가던 길을 멈추고 꽃을 보았다. 간혹 아이들끼리 가장 예쁜 꽃을 찾기 위해 경쟁이 붙는데 언제나 그 꽃은 무덤가에서 발견되었다.

마음에 드는 꽃을 골라 장례식장으로 향한다. 가족을 잃은 슬픔의 하루가 지나간 접객실에는 어제의 흔적들이 곳곳에 배어

있다. 넥타이를 와이셔츠 안으로 밀어 넣고 자리마다 남겨진 울음의 잔해를 치운다. 접객실 정리가 끝나면 한쪽 구석에 자리하고 앉아 관을 장식할 꽃을 다듬는다. 간혹 잠에서 깨어난 유족들이 "꽃이 너무 예쁘다"고 하며 어디에 사용할 꽃인지 묻고는 한다. 부스스한 얼굴로 꽃을 바라보는 눈빛이 짠하다. 짓무른 눈가에 고이는 표정이 밝아지는 것을 볼 때마다 마음이 저릿하다. 사랑하는 이를 잃어본 사람이라면 안다. 그 표정이 무엇을 말하는지. 애써 평상심을 찾으려 하지만 끝내 마음에 깊은 구멍 하나 만드는 일. 다시는 만나지 못할 존재를 떠나보내야 하는 애끓는 심정을 알기에 더 열심히 꽃을 다듬게 된다.

서둘러 작업을 마무리하고 염습을 준비한다. 염습은 돌아가신 시간으로부터 24시간이 지난 후에 할 수 있다. 우선 관 안에 색화지를 접어 푹신푹신하게 만든다. 고인의 종교에 따라 장식을 한다. 가장자리는 색지 사이사이 가운데 장식과 어울리는 꽃으로 꾸민다. 꽃장식이 끝나면 정성껏 고인을 염습하고 꽃 장식 위에 고인을 넌다.

입관 전에 유족들이 고인에게 편지를 쓴다. 대개 읽지 않고 고인의 가슴에 편지를 얹어놓는다. 어느 날엔가 어르신 한 분이 입관 전에 꼭 읽고 싶은 편지가 있다고 했다. 손자의 편지였는데 군데군데 눈물로 얼룩져 있었다. 편지를 읽던 그가 순간 울컥하더니 눈가가 젖어들었다. 고인과 함께 한 모든 순간이 아픔으로 새겨져 있다.

고인의 이마에 입을 맞추는 이들, 얼굴에 볼을 부비는 이들, 끌어안고 가슴에 얼굴을 파묻은 이들. 아침부터 준비하고 만들어 두었던 헌화용 꽃을 고인의 손에 쥐여 드리는 의식을 치르고 나면 마지막 이별의 순간이 다가온다. 끝내 입관식은 눈물바다가 되고 만다.

선사시대 어린아이의 무덤에서 국화꽃 화석이 나왔다는 기사를 본 적 있다. 발견한 사람의 이름을 따서 '홍수아이'라 이름 붙여졌다고 한다. 들국화가 만개하기를 기다렸던 아이는 꽃이 피어나는 모습을 보지 못하고 가족과 이별했을 것이다. 부모는 아이 무덤에 주먹돌 대신 갓 피어난 국화를 올렸다. 아이를 잃은 부모의 곡소리는 비명에 가깝다. 그것은 가슴을 쪼개고 나오는 고통스런 울음이다. '홍수아이'에게 꽃을 올린 부모의 마음처럼 헌화 獻花가 특별한 위로가 될 수 있다고 나는 믿는다.

입관식이 끝나고 고인을 다시 안치실로 옮긴다. 돌아간다는 표현은 왔던 곳으로 간다는 의미일 것이다. 안치실 문을 닫으며 그가 이 세계와 작별하고 왔던 곳으로 다시 돌아가는 장면을 상상한다. 가는 길이 두렵지 않았으면 좋겠다는 생각을 하며 그를 위해 기도한다.

길을 지날 때면 가끔 들꽃을 발견한다. 그럴 때면 쪼그리고 앉아 작은 들꽃을 사진에 담는다. 뷰파인더를 꽃에 가까이 대고 앉으면 멀리서 보던 그 꽃이 아니다. 작고 보드라운 잎사귀와 섬세한 결이 드러나는 순간과 마주한다. 가까이 하면 아름다움은 구체적으로 다가온다.

예전의 나는 죽음을 두려워했다. 먼 곳에서 본 죽음은 추상적인 두려움이었다. 하지만 지금의 내게 죽음은 구체적이다. 하루하루 최선을 다해 사는 것이 좋은 죽음준비라고 여긴다. 언젠가 우리 모두 죽는다는 사실을 인식하면서 죽음을 미리 준비하려 한다.

먹고 사느라 시작한 일이지만 나는 이제 장례지도사라는 직업에 무한한 자긍심을 갖는다. 내 삶과 무관하다고 생각한 죽음은 늘 곁에 있다. 그것은 삶에 대한 태도를 어떻게 가져야 할지 매 순간 돌아보게 만든다.

죽음을 보면 역설적으로 희망을 품을 수 있다. 궂고 낮은 이 일이 고인을 기리고 유족을 위로할 수 있어 좋다. 나는 꽃을 고르고 관을 꾸밀 때 행복감을 느낀다. 그래서 내가 하는 이 일이 세상 모든 이에게 아름다운 꽃 한 다발을 건네는 것이라 믿는다.

허공에 흔들리는 '바이킹'처럼

빈 소주병, 구겨진 맥주 캔, 흩어져 있는 옷가지, 꽁초가 가득한 재떨이, 라면 국물이 말라붙은 냄비와 몇 달 동안 개지 않았을 법한 이불, 구석구석 붙어있는 찌든 때. 수개월간 사람이 살지 않았다면 심란한 마음을 어쩌지 못하고 집을 버리고 잠시 도망쳤거나, 수개월간 사람이 살았다면 보이는 그대로가 그 사람의 마음이었을 법한 풍경이 있다.

대부분 햇빛이 잘 들지 않는 작은 방 한 칸이다. 아무리 좁은 방이라도 그 중에 가장 웅크리기 좋은 공간이 있다. 망자들은 구석을 찾아 숨어든다. 침대와 벽의 사이라든가, 방의 가장 구석이라든가, 고시텔의 옷장 안이라거나.

이미 사람들에게서 잊힌 지 오래되었을 삶. 포기해버린 것들, 넓지도 않은 좁은 공간에서 웅크리고 있었을 망자의 삶이 날 것의 풍경으로 다가온다. 죽음 직전의 고뇌와 위기를 느꼈을 마음이 방에 남아있다. 더 이상 어디로도 도망갈 수 없을 때, 피할 곳도 찾지 못한 사람들이 혼자 살던 방에서 삶을 마감한다. 그 방에 들어설 때마다 그들의 마음은 낯선 칼날이 되어 내게로 와서 꽂힌다. 방에 펼쳐진 모든 것이 망자의 마음이었을 것이다.

흔히 말하는 주거 취약의 현장이다. 사는 곳이 조금이라도 편안했으면, 자기 마음을 놓을 만한 공간이었으면 내가 이 사람을 만나지 않았을 수도 있었을 텐데. 최초의 발견자가 방문을 따고 들어왔을 때는 더 깊은 암울이 그를 뒤덮었을 것이다. 소방관과 경찰관이 문을 열어주면 나는 돌아가신 분의 유해를 수습하는 일에만 집중했다. 한 사람의 죽음을 앞에 두고 이 사람이 왜 죽었는지 밝혀내는 것은 내 일이 아니다. 나는 타인의 영역에 개입하고 싶지 않고 너무 많은 것을 알 필요도 없다. 내가 맡은 일만으로도 상황은 벅차다. 이 일에 최선을 다해 집중해도 모자란다. 내가 이 사람의 삶을 알게 되면, 그때부터 이 일을 하지 못할지도 모른다.

세상으로부터 고립된 지 오래된 사람은 어쩌면 이미 사회적으로 사망선고를 받은 것과 다름없다. 그들은 죽어버린 사회적 영혼에 균형을 맞추기 위해 육체도 따라 죽기로 결심했을지 모른다. 모두가 힘들다고 하지만 자기 방에서 홀로 생을 두고 떠나버린 사람들만큼 힘들 수 있을까.

　고독사를 고립사로 불러야 한다는 말도 있고, 사회적 죽음이
라는 말도 있다. 어려운 이야기들은 잘 모르겠다. 나는 그들이
지독하게 외로웠다는 것은 알 수 있다. 혼자 죽은 사람들이 나에
게 전해주는 메시지는 더 이상 삶을 지탱할 것이 남아있지 않다
는 비명이다. 벌레가 기어 다니고 부패한 시신에서 액체가 흐르
고, 원형을 잃은 유해를 수습하는 일은 별로 힘들지 않았다. 내
가 힘들었던 것은 사람들이 쉽게 말하는 시신의 끔찍한 풍경에
서 오는 게 아니라 살아있는 사람들의 아귀다툼으로 내가 나답
게 살지 못하는 매일매일에 있었다. 죽은 사람은 날 힘들게 한
적이 없다. 그들은 움직이지도 않고 말하지도 않으니까. 나를 힘
들게 하거나 꿈속에서도 짓누르는 것은 모두 살아있는 사람들이
었다. 조금 더 구체적으로 말하면 살아있는 사람들의 더 살고자
하는, 더 갖고자 하는 욕망이었다.
　수습해야 할 유해가 없으면 장례식장에 영업 손실이 난다고
했다. 사장은 대놓고 망자가 없어 돈을 못 번다고 말하지 못하니
애꿎은 직원들에게 화풀이를 했다. 쉽게 웃지도 못하는 직업인데
한 사람의 죽음이 돈으로 연결된다는 게 더 끔찍했다. 돈을 가
진 사람이 하는 말은 이렇게 근무환경이 좋고, 이렇게 급여가 많

고, 이렇게 조건을 잘 갖춰놓았는데 왜 자기한테 돈을 더 벌어다 주지 않느냐는 거였다. 매일 죽음을 당면하고 엄숙하게 예를 갖춰 한 사람을 다른 차원으로 보내주는 일은 숭고하지만 그곳도 엄연한 기업이었다. 서비스업이었고 그래서 인사고과도 필요했다. 나답게 살지 못한다는 압박이 생기기 시작할 때 나는 나답게 사는 게 무엇인지 생각하게 되었지만, 그런 이야기를 허심탄회하게 나눌 동료도 친구도 없었다.

모두들 나에게 "대단하다"고 칭찬을 하거나 꺼림칙한 시선으로 "어떻게 그런 일을 스스럼없이 하느냐"고 말하곤 했다. 대단하거나 훌륭한 일이라고 생각한 적이 없다. 그저 내 직업이기 때문에 해왔을 뿐이다.

오랫동안 방치된 망자를 병원 장례식장에 모시면 굽은 채 굳어버린 육신을 일일이 펴야 했다. 어딘가 부서지거나 찢어진 시신도 원형에 가깝도록 꿰매고 맞췄다. 가장 완벽한 모습을 만들어야 하는 게 장례지도사가 하는 일이다. 오랫동안 웅크린 시신의 다리를 펼 때, '찌지직' 하고 굳어버린 근육이 찢어지는 소리가 났다. 간암이나 간경화, 또는 몸의 병이 깊었지만 치료받지 못한 채 죽은 사람은 염습을 하는 동안 계속 복수腹水가 뚝뚝 흘렀다. 그제야 나는 죽음을 실감한다. 그들의 육신이 살아있었다는 걸 몸이 말해준다. 영혼을 가졌던 사람의 것이라는 걸 느끼는 유일한 순간이다.

혼자 죽어 발견된 사람들은 대부분 24시간을 넘긴 채 냄새를 풍겨서 자신의 사망을 주변에 알렸다. 병원으로 옮기면서 경찰이 그들의 유족을 찾는다. 연락을 끊은 지 오래된 가족은 시신을 인계받아 장례를 치르려고 하지 않는 경우가 많다. 망자가 미워서가 아니다. 대부분 비용을 감당할 수 없기 때문이다. 장례를 잘 치러줄 수 있는 가족이 있는 사람이라면 그렇게 외롭게 죽지도 않았을 것이다. 때로는 가족이 없고 친구나 먼 친척에게 연락이 닿는 경우도 있다. 전화상으로만 시신인수를 포기하는 사람도 있고 눈물을 흘리며 헐레벌떡 나타나는 유가족이나 친구도 있다.

"안타까운 사람아, 어찌 이리 외롭게 갔는가."

곡을 하던 어떤 망자의 친구는 장례를 치러주고 싶지만 자기는 가진 게 없다며 오랫동안 서럽게 울다 돌아갔다. 나는 그들과 악수를 나누거나 마음을 나눌 수 없다. 자칫하면 내 마음도 무너질지 모르기 때문이다. 매일 대면하는 죽음과 모두 관계를 맺을 수는 없다. 나는 내일도 모레도 슬픔을 오롯이 떠안아야 한다.

유족이 나타나지 않으면 경찰이 망자에 관련한 행정절차를 거들어준다. 국가에서 주는 75만 원 가량의 장례비로 시신을 곧게 펴고 떨어져 나간 부분을 만들어서라도 붙인 다음, 관에 넣어 싣고 화장터로 떠난다. 오래전 내가 일하던 그 장례식장은 화장을 끝낸 뒤 유골을 뿌리는 일까지 하고 돌아와야 했다. 다른 장례지도사보다 일의 절차가 복잡하고 길었다.

중국 교포들이 많이 모여 사는 지역 특성 때문에 그들의 장례가 많았다. 대부분 변사자로 발견되는 경우였다. 변사자는 사고, 자살, 살인 세 가지로 나눌 수 있다. 먼 곳에서 죽은 중국 교포들은 굳이 대림동으로 망자를 모셔와 장례를 치렀다. 유족이나 한국에서 같이 살았던 친구들이 한국어와 한국의 장례절차를 완벽하게 이해하기 어렵기 때문에 우리는 이들의 장례를 처음부터 끝날 때까지 도왔다.

가까운 사람이 죽으면 남은 사람들은 다섯 가지 단계의 감정상태를 거친다고 한다. 부정, 분노, 협상, 우울, 수용. 삼일간의 장례식에서 유족은 이 단계를 다 거쳐야 망자를 잘 보내줄 수 있다. 감정이 정말 순차적으로 변화하는지는 모르겠지만 나는 유족이 부정하고 분노하는 단계에서 출발해 죽음을 인정하고 애도하며 망자를 보내줄 수 있도록 최선을 다했다. 일하되 눈에 띄지 않아야 했고, 그들의 분노와 우울을 고스란히 지켜봐야 했다. 사람과 사람 사이엔 알 수 없는 기운이 밀려왔다가 밀려간다. 누군가 나에게 힘들지 않느냐고 물으면 나는 쉽게 힘들다고 대답한다. 그러나 왜 힘든지는 정확하게는 잘 모르겠다.

어릴 때 학교 앞으로 찾아오는 놀이기구가 있었다. 아이들은 그걸 '바이킹'이라고 불렀다. 친구들은 그 놀이기구를 타면서 잠시나마 모험의 세계로 떠난다며 즐거워했다. 작은 트럭 위에 설치된 바이킹에 앉으면 하늘 높이 배가 올라갔다가 내려왔다. 그 놀이기구에서 내 누나의 친구가 떨어져 죽었다. 나는 그때 아무런 감정이 없었다. 죽음이 무엇인지 모를 나이였다.

떠난 사람과 남은 사람의 마음이 허공의 배처럼 멀어졌다가 다시 다가왔다. 슬픔도 흔들리며 왔다 간다. 나의 마음도 망자에게 갔다가 다시 돌아온다. 멀어졌다 가까워지는 이 일이 아무렇지 않았으면 좋겠다.

언제쯤이면 그렇게 될 수 있을까.

보통 사람들의 장례

김윤식

　사전통화를 하는 내내 이른 나이에 어머니를 잃은 외아들의 목소리는 조금의 떨림도 없었다. 외려 밝고 힘이 있었다. 빈소에 마주앉아 상담하는 동안에도 아들은 의젓했다. 아버지가 아들 옆에 자리했다. 수의나 대렴 등 장례용품을 선택할 때 아버지는 나지막한 목소리로 '몇 만원이라도 싼 것으로 고르라'고 조언했고 아들은 아버지의 기색을 살피며 마지못해 수용했다.

　힘없이 처진 어깨와 그늘진 아버지의 얼굴엔 이제 혼자가 되었다는 외로움이, 아들이 혼자 짊어져야 할 짐을 조금이라도 덜어주려는 아비의 마음이 복잡하게 섞여있었다. 나는 혹여 그들이 민망할까 봐 고른 수의를 조심스레 펼쳐보였다. 국화꽃이 아로새겨진 것이 어머니와 잘 어울릴 거라고, 정말 잘 골랐다는 말을 잊지 않았다. 수의를 만지는 아들의 손끝이 조금씩 떨리는 듯했

영결의 아침　37

다. 그가 느끼는 슬픔의 질감이 내게도 전해지듯 착각이 일었다.

아버지는 생의 반쪽이었던 아내를 조금 더 잘 떠나보내고 싶지 않았을까. 더 좋은 것으로 해주고 싶지 않았을까. 아들을 걱정하는 아버지의 마음을 이제 누가 옆에서 위로해줄까. 상중의 아들은 밝은 표정으로 조문을 받고 손님을 접대하고 배웅했다. 위로가 무색하게 느껴질 정도였다. 힘들어하고 슬퍼하는 게 보통 상주의 모습이라 위로하면서 가까워지는 것인데 그럴 기회가 적었다. 위로를 준비했던 내 마음이 어색해졌다.

밤이 늦도록 조문이 계속 이어졌다. 아들은 인사도 하고 밝은 표정으로 배웅도 했다. 듬직했다. 우연히 아무도 없는 빈소 안을 들여다보다 혼자가 된 상주가 고개를 돌리고 짧게 우는 모습을 보았다. 상주이기에 애써 마음을 다잡고 조문과 응대를 감당해야 했다. 그것이 마음껏 울 수도 없는 그에게 주어진 숙명이었다. 입관실에서 어머니를 본 아들은 참다참다 짧은 울음을 토했다. 이번에도 이내 마음을 억누르고 급히 수습한다. 그에게는 남은 아버지가 있었다.

새벽안개가 자욱한 아침, 스산한 건물 모퉁이에서 발인을 했다. 버스 안에는 예닐곱 정도의 유족이 함께하고 있었다. 어두운 차 안에서 억눌렸던 울음이 터져 나왔다. 잘 참았다. 누군가 가만히 어깨를 쓸어주면 좋으련만 슬픔은 온전히 자신의 몫이다.

그럴 수밖에 없음을 그도 나도 알고 있다. 비통함이 가득한 통곡 소리는 화장장에 도착할 때까지 이어졌다.

버스에서 내린 상주는 다시 차분해졌다. 화장을 한 후 목사와 운구해준 친구들에게 식사 대접을 하고 밝게 웃으며 이야기도 하고 고마움을 표현했다. 그런 모습에 나는 괜히 미안해진다. 그 마음이 힘든 줄 알면서도 고인을 화로에 모시고, 슬퍼할 시간 없이 식사 대접을 안내하게 하고 무언가를 계속 재촉하고 일을 만들었다. 집안 어른이나 형제들 없이 혼자 일을 치르는 상주가 마음 아파 위로를 건네자 그가 미소를 짓는다.

"엄마가 저 하나만 낳아서 그래요."

귀한 아들을 두고 엄마는 멀리 떠났고 아들은 그 시간을 추억한다. 어깨가 들썩이듯 슬픔이 배었다 사라지기를 반복하며 시간이 흘러 온전하게 엄마를 보낼 수 있을 때까지 아파하겠지. 수목장을 할 때 목사는 흙은 생명이라고 하고 또 모든 어머니는 생명이라고 했다. 모든 것은 흙으로 돌아간다. 흙이라는 단어만큼 아름답고 위대한 게 또 있을까. 나는 모든 어머니에 대해 생각하며 어딘가로 떠나는 한 생명에게 마음속으로 마지막 인사를 전한다.

매일 산다는 것의 의미를 되새길 수 있는 내 삶이 좋다는 생각이 들다가도 사랑하는 이를 떠나보내는 이들의 뒷모습을 지켜보는 일은 때로 힘에 부친다. 내 위로가 아주 커다랗고 넉넉해서 무한하게 퍼낼 수 있다면 좋겠지만 그렇지 못하다. 다만 사람들이 사는 동안 아프지 말고 서로 사랑하다가 편안하게 떠났으면 좋겠다. 당신과 함께해서 행복했다고 말할 수 있었으면 좋겠다. 나도 그렇게 말할 수 있었으면 좋겠다. 그것 말고 더할 것이 있겠는가.

예고 없는 이별들

어느 날 조합원에게 한통의 전화가 걸려왔다.

"박 실장님 잘 지내셨죠? 상의드릴 일이 있는데 뵐 수 있을까요?"

"무슨 일 있으세요?"

"전화로 말씀드리기는 좀 그렇고 잠깐 시간 좀 내주셨으면 합니다."

영등포의 한 장례식장에서 만나기로 했다. 석 달 전 부친상을 치른 조합원이었다.

장례를 치르다보면 장례 이후에도 인간적인 관계를 유지하고 싶은 유족을 가끔 만난다. 이 조합원이 그랬다. 나와 나이대도 비슷했고 나처럼 딸 둘을 두고 있어서 호감을 느꼈다. 장례를 치

르는 틈틈이 그와 여러 대화를 나누었고 개인적인 얘기도 들을
수 있었다.

하지만 아주 특별한 경우가 아니면 장례를 치른 후 내가 먼저
유족에게 연락하는 일은 거의 없다. 내가 유독 낯가림이 심하기
도 하고, 자칫 슬프거나 안 좋은 기억을 다시 떠올리게 할까 싶
어 선뜻 다가서기 어렵다. 유족은 내가 자신이 사랑했던 이의 육
신을 정성껏 닦아 드리고 궂은일을 도맡아 하기에 고마워한다.
하지만 거기서 그치는 것이 좋다고 생각한다.

처음 전화를 받았을 때는 반가운 마음이 앞섰다. 헌데 통화를
마치고 나서는 걱정이 앞섰다. 장례식장에서 만나자고 했으니 필
시 좋은 일은 아닐 것 같았다. 장례식장으로 가는 내내 마음이
무거웠다. 아니나 다를까 표정이 몹시 어둡고 슬퍼보였다. 그가
어렵사리 입을 열었다.

"시간 내주셔서 고맙습니다."

쥐어짜듯 겨우 말을 꺼낸 그가 조금 망설이다 말을 이었다.

"아버지 장례 치를 때 보셨겠지만 제게 여동생이 하나 있었는
데…. 어제 목숨을 끊었습니다. 빈소 없이 조용히 보내주려 하는
데…. 부탁합니다."

그는 목이 메어 차마 말을 잇지 못했다. 여동생은 아기 때부터
아버지를 무척 따랐다고 한다. 사춘기 시절에도 또래의 아이들과

달리 아버지와 격의 없이 친구처럼 잘 지냈다. 그런 막내딸을 아버지도 끔찍이 아끼고 감쌌다.

남들의 부러움을 살 정도로 다정했던 부녀 사이가 틀어진 것은 딸의 진로문제 때문이었다. 여느 부모와 마찬가지로 아버지는 딸이 안정적인 직업을 구해 평탄한 삶을 살기를 원했고 딸은 본인이 좋아하는 것을 하면서 자유롭게 살고 싶었다. 부녀가 다투는 일이 잦아졌고 급기야 딸은 아버지와 의절을 선언하고 집을 나갔다. 그것이 마지막이었다.

아버지의 장례식 때 딸의 모습이 떠올랐다. 다른 유족과 달리 마치 어린아이처럼 어머니 옆에 꼭 달라붙어 떨어지지 않았다. 삼일 내내 뭔가 죄를 지은 듯 불안해 보였다. 염습과정을 참관하면서도, 아버지를 화장하는 순간에도 펑펑 울기보다 어머니 뒤에 숨어있었다. 슬픔과 애도의 시간을 갖지 못하고 외면하던 모습이 기억에 또렷했다.

딸은 아버지의 장례를 치른 후 우울증을 앓았다고 한다. 아버지에게 못되게 굴고 모진 말을 내뱉은 것을 자책했다. 화해의 시간을 갖지 못하고 죽음과 맞닥뜨린 상황에 절망했다. 그러다 급기야 우울증 진단을 받았고 약을 먹기 시작했다. 그런 딸을 걱정한 어머니는 딸네서 살다시피 했다. 그러던 어느 날 이틀 정도 곁을 비웠는데 그 사이 스스로 생을 마감했다.

나는 장례식장에 양해를 구하고 빈소 없이 염습 후 바로 발인하는 일정을 잡았다. 검사지휘서를 받자마자 늦은 밤 염습을 진행했다. 어머니는 오지 않았다. 오빠 둘은 관에 누워있는 동생에게 아무 말도 하지 못했다. 무거운 분위기 속에 염습을 마쳤다.

집으로 돌아오는 길에 조금도 어울리지 않는 수의를 입고 잠든 고인의 모습이 계속 떠올랐다. '아버지와 이별할 수 있는 시간을 가졌더라면….' '미안하다 말 한마디 건넬 수 있었다면….' 내 동생을 보낸 것처럼 마음이 무겁고 아팠다.

고인은 화장해서 아버지 무덤 옆에 묻었다. 조그맣게 땅을 파면서 고인이 이승에서 풀지 못한 감정과 못 다한 말을 저승에서나마 풀기를 바랐다. 서로를 지극히 아끼고 사랑했던 그 시절로 돌아가 아버지와 함께하기를 간절한 마음으로 기도했다.

그로부터 한 달 후 그 조합원에게서 다시 전화가 왔다.

"실장님, 한 번 더 도와주시기를 부탁합니다."

이번엔 또 무슨 일인가. 가슴이 덜컥 내려앉았다. 머릿속이 하얘졌다. 어머니마저 스스로 목숨을 끊고 남편과 딸이 있는 곳으로 갔다는 것이다. 그의 말을 들으며 솜털이 곤두서는 것 같았다. 나는 이 상황이 도저히 믿기지 않았다.

장례식장에서 만난 조합원의 얼굴은 하얀 석고상처럼 창백하게 굳어있었다. '무표정이란 이런 것이구나.' 처음으로 생생하게 느꼈다. 슬픔이나 미안함의 감정이 완전히 휘발해버린 것 같은 얼굴. 그는 아무 말도 하지 않았다.

빈소를 찾는 이는 아무도 없었다. 부고조차 띄우지 않았다. 남은 형제와 그들의 배우자만이 조용히 빈소를 지켰다. 침묵의 장례가 있다면 이런 모습일 것이다. 어머니 역시 화장해 아버지 옆에 묻었다. 불과 6개월도 안 되는 사이에 아버지, 딸, 어머니가 차례로 세상을 떠났고 같은 곳에 묻혔다. 남은 이들의 절망감은 헤아리는 것조차 벅찼다.

우리는 누구나 죽는다. 누구나 예외 없이 시한부 인생을 살고 있다. 죽음은 당사자의 문제이자 동시에 남은 이들의 몫이다. 장례지도사는 고인보다 먼저 유족을 만나고, 유족과 함께 고인을 떠나보낸다. 고인을 입관하기 전에 유족에게 마지막 작별의 시간을 갖는다. 이때가 가장 슬퍼할 때이다.

유족이 고인과 이별을 하면서 가장 많이 하는 말은 "죄송합니다" "미안합니다"이다. 속 썩여 죄송하고 잘해주지 못해 미안하다. 모진 말로 마음 아프게 해서 미안하고 더 많이 사랑하지 못해 죄송하다. 당신은 떠나는데 나만 남아 죄송하고 미안하다.

후회는 밀려오지만 더 이상 기회는 없다. 죽음은 삶의 경계 너머 세계이다. 우리는 죽음을 피할 수 없지만 죽음을 대하는 태도는 결정할 수 있다. 죽음은 어두운 것도, 무서운 것도 아니다. 그저 바람이 불고 밤이 오고 계절이 바뀌듯 자연스러운 일이다. 하지만 인간이기에 밀려드는 슬픔과 자책, 허망함은 어쩔 수 없다.

나는 고인뿐 아니라 남은 이들을 위로하는 것도 장례지도사의 일이라고 생각한다. 고인은 추모하고 유족은 위로해야 한다. 죽음은, 예견된 죽음조차 갑작스럽게 느껴진다. 그런 의미에서 죽음은 늘 준비해야 하는 것이다. 언제 어디서 다가올지 모르기에.

사람들이 죽음이라는 절벽 앞에서 몸부림치며 목숨을 버리지 않았으면 좋겠다. 자책과 원망의 시간이 너무 길지 않았으면 좋겠다. 슬픔 속에서 시들고 상하지 않았으면 좋겠다. 자책과 슬픔 대신에 더욱 의연하고 용감했으면 좋겠다. 더 당당하게 가신 이의 몫까지 살아갔으면 좋겠다. 그저 편안하게 받아들였으면 좋겠다.

사람들이 죽음을 준비하며 살았으면 한다. 죽음을 성찰하면 삶이 더욱 풍부해질 것이라고 믿기 때문이다. 불화한 이들과 화해하려 애쓰고, 나누고 싶은 사랑을 미루지 않으며 산다면 후회는 덜하지 않을까. 아름다운 작별과 평화로운 죽음을 위해 살아남은 우리가 해야 할 일이 많다.

'잘 사는 것'과 '잘 죽는 것' 사이에 '잘 보내는 일'이 있다.

시신을 깁다

김윤식

남자는 완전히 부서져 있었다. 그날 아침 그는 타워크레인 아래서 다른 이와 대화를 나누고 있었다. 하청업체 노동자로 고된 하루를 보낼 터였다. 평온한 어느 날의 일상이라고 생각했을 것이다. 아침에 세수를 하고 면도를 하고 문을 나서며 가족과 웃으며 인사를 나누고 저녁에는 평범한 어느 날처럼 가족과 함께할 행복한 시간을 생각했을 것이다. 어제 같은 오늘, 내일도 다를 바 없는 하루를 보내러 일터로 향했을 것이다. 어쩌면 내일을 약속했거나 일주일 후 혹은 한 달이나 일 년 후의 계획들을 나눴을지도 모른다. 낡은 타워크레인이 붕괴해 순식간에 자신의 머리 위로 떨어지기 전까지는.

장례 접수를 받고 현장에 도착해보니 그는 아침 뉴스에서 먼저 접했던 노동자였다. 얼굴은 떨어진 타워크레인에 뭉개진 상태다. 형체가 없었다. 한쪽 다리는 무릎 부위부터 잘려 떨어져 나갔다. 처참하기 이를 데 없는 시신을 두고도 장례식장에서는 흥정이 시작됐다. 장례식장에서는 고인의 상태가 안 좋으니 그대로 수의를 입힐 수 없다며 유족에게 시신 수습 비용 200만 원을 불렀다. 여느 장례식장이나 있을 법한 일이고 당연히 받을 비용이니 나무랄 일만은 아니다. 하지만 나는 그럴 수 없었다. 가난한 가족이 감당하기엔 액수가 컸다.

나는 병원 장례식장 측의 제안을 거절하고 염습실에 쪼그리고 앉아 그를 꿰매기 시작했다. 유족들이 마지막에 볼 얼굴이라 최대한 깔끔하고 예쁘게, 잘려나간 다리를 단단하게 붙여야 한다고 생각하니 손가락에 힘이 들어갔다. 나는 그야말로 한 땀 한 땀 정성껏 시신을 기웠다.

손끝이 그가 이 생에서 마지막으로 남긴 피로 범벅이 됐다. 수술용 고무장갑을 끼고 수술용 집게를 써서 살을 집어 올린 후 봉합실로 꿰매야 했지만 염습실 사용시간이 허락하지 않았다. 촉박한 시간 안에 끝내려면 맨손으로 할 수밖에 없었다. 감염의 위험도 있지만 매번 요행을 바라며 이를 감수한다. 그를 꿰맨 후 온몸을 말끔하게 닦아야 하고 수의까지 입혀야 한다. 마음이 조급해져 연신 시계를 쳐다보며 구슬땀을 흘렸다.

생살을 뚫는 바늘이 내 살을 찔렀다. 어디 아프다고 하소연

할 곳도 없다. 마치 한 존재가 내 손을 관통해 사라지는 것 같은 착각이 일었다. 혼자 쪼그리고 앉아 5~6시간 동안 수습하다 보니 허리는 끊어질 것 같이 아프고 무릎과 다리가 저려왔다. 그래도 가족이 마지막으로 보게 될 그의 얼굴과 육신이라 더욱 세심하게 손을 놀렸다. 바늘이 움직일 때마다 마음 한가운데를 푹푹 찌르며 들어오는 것만 같다. 자꾸 그의 얼굴에 난 상처가 마음을 가르고 스쳐갔다.

오래전 나도 서울시 중랑구 신내동의 뉴타운 건설 현장에서 한동안 일용직으로 일한 적이 있었다. 아침 6시부터 저녁 6시까지 꼬박 12시간 동안 각목이나 미장용 시멘트, 벽돌을 나르거나 잡다하지만 힘을 쓰는 일을 했다. 점심에 잠시 쉬는 시간이 주어지면 뚝딱 밥을 먹고 스티로폼이나 철판 위에서 낮잠을 자곤 했다. 최고의 명당은 관 크기만한 차가운 철판 위다. 조금만 몸을 틀면 밖으로 떨어질 만큼 협소한 곳이지만 그곳에 누우면 세상에 어떤 침대에서도 느낄 수 없는 편안함이 있었다.

12시간을 꼬박 일하면 일당 10만 원을 손에 쥘 수 있다. 피곤한 몸을 이끌고 소개소로 가서 수수료 3만 원을 입금한다. 일은 고됐지만 그럭저럭 행복했다. 자취방에서 휴식을 취하는 시간은 너무도 편안했다. 이토록 지극한 휴식이 찾아올 때마다 나는 어쩌면 죽음으로 건너가는 길이 이렇지 않을까 생각하곤 했다.

열일곱 살 무렵 할아버지는 돈을 벌어오라며 나를 서울로 보냈다. 서너 평 남짓한 철공장과 숙소의 환경은 아주 열악했다. 항상 다른 사람과 함께해야 하는 공간. 담배 연기가 잘 빠지라고 숙소 벽에 뚫어 놓은 커다란 구멍. 한겨울에 잠을 잘 때면 눈보라가 방안까지 치고 들어왔다. 수백 킬로그램은 나갈 쇳덩이 금형, 철골, 패널과 씨름하는 일은 늘 늦은 밤까지 이어졌고 새벽이 오면 눈을 뜬 상태로 조는 신기한 경험을 하기도 했다.

하청업체 노동자에게는 언제나 위험이 도사리고 있다. 손가락이 잘리는 사고는 빈번하게 일어났다. 나도 어느 무더운 여름날 깜박 졸다가 프레스 장비에 손을 찧어 크게 다쳤고 오랫동안 입원을 하며 치료를 받아야 했다. 퇴원하고서도 한동안 손에 철심을 박고 다녔다.

사고 소식을 전하는 뉴스를 볼 때면 남의 일 같지 않다. 내가 얼마나 많은 어두운 그림자를 운 좋게 비켜왔는지 새삼 돌아보게 한다. 공장에서 같이 일하던 선배들 중에는 내 눈앞에서 손이 잘리거나 철판에 목이 잘린 이도 있었다. 옆 공장에서는 프레스에 머리를 잃은 이도 있었다. 끔직한 일이다. 공장에서는 수십 년을 무사고로 일해온 베테랑들도 불구가 되는 건 한순간의 일이었다. 의사는 나에게 피부조직이 괴사하면 손을 자를 수도 있다고 했지만 위기를 넘기고 약간의 장애만 남았다.

　남자의 시신을 꿰매고 탈지면에 알코올을 묻혀 온몸을 정성스럽게 닦았다. 피가 배어나오지 않도록 상처 부위에는 마른 탈지면을 대고 염지로 감쌌다. 수의를 입힌 후에 피나 분비물이 번지는 것을 방지하기 위한 작업이다.

　그렇게 입관을 서두르고 있는데 가족 중 누군가가 합의 문제가 있으니 입관을 미루자고 했다. 합의가 언제 이루어질지는 알 수 없는 일이다. 나는 입관을 하고 합의한 다음에 발인하면 된다고 설명했다. 일주일 혹은 보름 뒤에 고인의 상태가 어떻게 변할지는 아무도 모를 일이었다. 시신이 조금 더 온전할 때 작별 인사를 하는 게 좋다고 생각해서 한 말인데 다행히 유족들이 동의해주었다.

　한순간 가장의 부음을 전해 들었을 아내와 아이들의 황망함 앞에 무슨 위로가 가능할까. 위로는 고사하고 상처를 더하지 않도록 돕는 것이 내 일이다. 불의의 사고로 유족이 된 이들은 슬픔도 감당하기 어려운 시간에 온전히 슬퍼하고 추모할 여유도 없이 다른 이유로 지쳐 간다.

　늦은 밤 타워크레인 사업주가 찾아왔다. 너무 미안하고 죄스러워 일찍 찾아오지 못했다고, 최선을 다해서 보상하겠다고 말한다. 사업주는 예상과 달리 소박하고 초라한 행색이다. 그도 여느 노동자들과 다를 바 없이 고단한 삶을 이어가는 자영업자였다. 가난한 사람들끼리 가난한 대화를 주고받았다. 당장 내일 먹고 사는 일이 빠듯한 삶들. 그래서 더 이상 미안해하면 자신의 삶이 위험해지는 가난들.

그들의 대화는 내구연한이 다한 부실한 장비를 사용할 수밖에 없는 건설 현장의 구조적 문제로 이어졌다. 하청의 하청의 하청의 하청. 갑을 제외한 을병정들의 고통을 누가 대신해줄 수 있겠는가. 누군가는 앉아서 돈만 챙기고 현장에서 일하는 하청 사업주들은 저비용으로 인력을 고용한다. 그들로서는 도저히 좋은 장비를 구입할 수가 없다. 사고는 예정된 일이었다. 다만 그 시기가 언제일지 알 수 없을 뿐.

사업주도 겨우 장례식을 치를 정도의 돈만 가졌다는 것을 확인한 유족들은 깊은 한숨을 쉬었다. 사업주를 향한 원망은 오히려 안쓰러움으로 변했다. 누구보다 열심히 살고 평범한 일상을 꿈꿨을 선한 사람들. 약자의 피를 빨아 먹은 원청은 그림자도 비치지 않는다. 그저 죽은 사람만 억울하게 입을 다물었다.

그의 몸을 반듯하게 펴서 관에 뉘었다. 그의 얼굴이 좀 더 화사해 보이도록 정성을 다해 꽃 장식을 했다. 내가 기운 것은 남자의 찢어진 생살이 아니다. 그들의 가난한 마음이었고 소박한 일상이었다. 이리저리 차이고 너덜너덜해진 오늘을 기워 쓰는 삶들. 나는 그의 몸뿐만 아니라 유족의 마음까지 기울 수 있기를 바랐다.

다시 돌아올 수 없는 곳으로 가는 그의 영혼이나마 벌떡 일어서서 당당하게 걸어가기를 기원했다. 그곳에서 아침이면 밝은 햇살을 만나고 저녁에는 편안한 휴식의 시간을 누리기를, 더는 몸도 마음도 아프지 않기를 빌었다.

죽음의 모양

박태호

나는 장례지도사이다. 예전에는 장의사 혹은 염사라고 불렸다. 장례지도사는 장례에 필요한 모든 절차를 주관하며 진행한다. 그 중에서도 핵심은 시신을 수습하는 염습이다. 염은 소렴과 대렴으로 구별하는데, 소렴은 옷과 이부자리로 시체를 묶는 것이고, 대렴은 시체를 완전하게 묶어서 관에 넣는 것을 말한다. 습이란 시신을 목욕시키고 일체의 의복을 갈아입히는 것이다. 옛날에 습은 당일에, 소렴은 이튿날에, 대렴은 3일째 되는 날 했으나 오늘날에는 한 번에 끝낸다. 예전엔 가족이나 친척들이 하던 것을 이젠 전문 장례지도사가 대신한다.

나와 같은 장례지도사의 숙명은 죽은 이와 마주하는 것이다. 이 업業을 그만두지 않는 한 죽은 이를 만나는 것을 피할 수 없다. 그것이 나의 업이고 일상이다. 일상은 단조로운 것 같지만 때로는 변화무쌍하다. 죽음이라고 별반 다르지 않다. 생명이 그렇듯 죽음에도 다양한 모양이 있다. 죽음은 내가 원하는 형상대로만 등장하지 않는다.

장례요청 전화를 받고 몇 가지 얘기를 들어보면 대개 시신의 상태를 짐작할 수 있다. 요즘에는 대부분 병원(요양병원)에서 사망하는 경우가 많다. 노화와 질병으로 사망한 시신은 미라처럼 말라 앙상한 뼈대만 남는다. 수분과 영양분이 다 빠져나간 시신은 그다지 무겁지 않다.

병원에서 막 사망한 시신에는 현대의학의 각종 장치들이 주렁주렁 매달려있다. '코줄'과 링거, 손가락에 물려놓은 박동을 체크하는 클립…. 주삿바늘 자국과 피멍으로 만신창이가 된 시신. 그런 시신을 볼 때면 마음이 좋지 않다. 건강하게 살다가 집에서 잠들 듯이 사망하는 것이 모든 이의 소망이다. 시신의 모양이 살아있을 때처럼 온전하기를 바라는 것이다.

세상에는 처참한 형태의 시신도 많다. 사고로 부서지고 망가진 시신, 범죄로 인해 훼손된 시신, 스스로 죽음을 선택한 시신, 죽은 지 한참 시간이 지나 발견된 시신…. 심지어 생을 꽃피워보지도 못하고 스러진 어린 생명도 있다. 차마 눈 뜨고 보기 어려운 죽음이 너무 많다.

예전에는 동네마다 '장의사'가 있었다. 대개 죽음을 자택에서 맞았기 때문에 장의사에게 연락하면 모든 일을 처리해주었다. 장례도 집에서 치렀다. 그러다가 30여 년 전부터 상조회사와 병원 장례식장이 등장하면서 장의사가 사라져버렸다. 대형마트가 등장하면서 동네 구멍가게를 찾아보기 어려워진 것처럼. 그래서 요즘 장례지도사가 집으로 바로 출동하는 경우는 거의 없다.

예전에는 병원에서 사망하면 시신을 집으로 모셨다. 지금은 완전히 거꾸로다. 집에서 사망해도 병원으로 가는 것이다. 병원은 병을 고치러 가는 곳이자 죽으러 가는 곳이 돼버렸다. 드물게 집에서 장례를 치르는 경우도 있지만 거의 대부분 병원이나 전문 장례식장에서 장례를 치른다. 시신은 안치냉장고에서 차갑게 식어간다. 이것이 우리의 장례 풍경이다.

예정에 없던 장례를 치러야 하는 경우가 있다. 황망하기 짝이 없는 일이다. 경찰서에서 걸려온 전화를 받고 나서야 가족들은 그토록 찾았던 그를 만날 수 있었다. 그는 스스로 가족과 단절하고 40여 년을 홀로 살다가 습하고 어두운 방에서 쓸쓸히 잠들었다. 가족들과 연락을 끊고 살아야만 했던 이유에 대해서는 암울했던 시절의 아픔과 오해 때문이라고 해두고 싶다.

그는 대형버스를 운전했다. 평소 성실했던 그가 출근을 하지 않던 날 동료들은 너나 할 것 없이 무슨 일이 생겼다고 직감했단다. 경찰과 119를 불러 문을 열었을 때 동료들의 불길한 예감은 현실이 됐다.

경찰의 조사로 전날 저녁 음식점에서 혼자 식사를 한 카드 사용내역이 확인됐다. 고단한 하루를 마치고 내일도 이어갈 수고로움을 위해 술 한 잔에 기대 잠을 청했을 터이다. 그는 그렇게 생의 마지막 깊은 잠에 빠져들었고 내일의 수고로움에서 자유를 얻었다.

그에게는 형과 누나 그리고 40여 년의 세월을 말해주는 나이 지긋한 조카가 있었다. 그는 알지 못했다. 혼자 웅크리고 있던 그 어두운 터널 밖에는 수십 년의 그리움과 걱정으로 따뜻하게 손을 잡아줄 가족이 있었다는 것을! 장례 중 조카와 함께 찾아간 그의 처소에는 정리되지 못한 옷가지들이 여기저기 쌓여있었고, 오랫동안 제 기능을 하지 못한 시설물들은 여기저기 부서지고 흩어져 혼란스러웠던 생전 삶을 보여주는 듯 했다.

남겨진 가족은 그를 그냥 떠나보낼 수 없었다. 여의치 않은 형편에도 아무도 찾지 않을 작은 빈소를 차렸다. 나는 굳이 빈소를 차릴 필요가 있겠느냐고 이야기했다. 청약통장을 해약해서라도 장례를 치르겠다고 조카는 고집했다.

지난 시절을 추억하는 애틋하고 조촐한 추모의 시간이 흘러갔다. 직장동료 서너 명이 빈소를 찾았다. 그들은 성실했던 그의 삶에 대해 이야기해주었다. 오해로 인한 풍랑에 휩쓸려 흩어져 살았지만 각자의 위치에서 선량하고 성실하게 살아온 사람들! 결국 잃어버린 세월을 되돌릴 수 없는 처지에 놓이고서야 만날 수밖에 없었을까.

안치실 냉장고 안이 구더기로 가득한 주검도 있다. 이런 경우 우리는 구더기 '수백만대군'이라고 부른다. 그 차가운 냉장고 속에서도 구더기들은 죽지 않고 살아 기어 다녔다. 하루 정도 지나면 죽어있겠지 생각했지만 더 많아진 구더기들이 구물거리고 있었다. 스프레이 살충제를 뿌려도 소용없었다. 할 수 없이 수술용 고무장갑을 끼고 소독저로 하나 하나 집어냈다.

그런데 그렇게 골라내기엔 구더기가 너무 많았고 시간은 부족했다. 안치실은 한가한 곳이 아니다. 수시로 다른 시신이 들락거린다. 결국 구더기 제거작업을 포기할 수밖에 없었다. 시신을 모포와 비닐로 감싼 후 묶어 간신히 입관할 수 있었다.

요즘에는 사망한 지 한참 경과한 후에 시신이 발견되는 경우가 점점 많아진다. 홀로 살아가는 인구가 증가하면서 생기는 현상일 것이다. 누구를 탓할 수 없는 일이다. 단지 더 나은 삶을 위해 잠시 떨어져 살아온 시간이 만들어낸 불행일 뿐이다.

병원에서 수술 도중 사망하는 환자가 있다. 그런 경우 뒷수습은 장례지도사의 몫이다. 째고 가른 육신을 대충 의료용 테이프로 봉합한 상태로 안치한다. 그러면 염습 전에 봉합실과 바늘로 시신을 꿰매어야 한다. 사고로 인해 두개골이 으깨진 시신은 뼈를 맞추고 탈지면으로 일그러진 얼굴을 감싸준다. 평소 모습 그대로 보내드리는 것 또한 장례지도사의 역할 중 하나이다.

세상에는 의로운 죽음이 많다. 하지만 시신은 참혹한 경우가 대부분이다. 머리에서부터 인화물질을 뒤집어 쓴 경우는 얼굴의 형체가 없다. 옷과 몸통이 달라붙어 일일이 가위로 잘라내고 떼내야 한다. 어차피 화장할 시신 그냥 두라고들 하지만 그건 할 소리가 아니다. 소중한 사람을 잃은 유족을 생각하면 결코 가벼이 대할 수 없다. 죽음을 함부로 대하면 삶도 그렇게 된다고 나는 믿는다.

화상으로 사망한 시신은 시간이 지나면 빠르게 부풀어 오른다. 화상으로 피부 조직이 파괴되어 세균이 급속히 침투하고 번식하면서 팽창하는 것이다. 피부가 팽팽하게 당겨지면서 짝짝 갈라지고 진물이 새나온다. 전신을 탈지면으로 감싸고 수의를 입혀도 소용없다.

시신이 부패하기 시작하면서 악취가 진동한다. 이 지독한 냄새는 화장 전까지 그치지 않는다. 이럴 때면 죽음이 아름답다고 말하기는 참 어렵다. 의로운 죽음을 아름답게 배웅하지 못할 때면 가끔 무력함을 느끼기도 한다.

아무리 신념이 강하고 경험이 많은 장례지도사도 피하고 싶어 하는 주검이 있다. 물에 퉁퉁 분 시신이다. 그것은 손을 대면 피부가 벗겨지기 때문에 만지기조차 어렵다. 냄새도 심하다. 이런 시신은 염습이 불가능하다. 유족에게 고인인지를 확인하고 모포로 감싸 입관한다. 험한 모습의 시신은 유족조차 보기 싫어한다. 그것을 어찌 비난할 수 있을까.

고의적인 방치로 인한 사망이 의심되는 시신도 있다. 고인은 치매를 오래 앓았다고 한다. 유족은 사망 직후 신고를 했다고 하는데 시신의 부패 정도는 며칠 경과한 것으로 보였다. 부패에는 공간의 특성이나 계절의 요인이 작용하기 때문에 단정하기는 어렵다. 그동안의 경험상 그렇게 느낀 것인데 그렇다고 어찌할 방법은 없다.

아주 드물기는 하지만 사인이 의심스러운 시신도 있다. 목에 미세하게 졸린 흔적이 있는데 병사로 판정한 경우이다. 부검을 하는 법의학자 외에 장례지도사처럼 시신을 가까이 접하는 존재도 없을 것이다. 의사나 수사관, 가족조차 시신을 자세히 들여다보지는 않는다. 이런 시신을 만나면 곤혹스럽다.

확실하지도 않은 상태에서 신고하거나 문제제기를 했다가 아닌 것으로 드러나면 어쩔 것인가. 경찰과 검찰, 의사는 고도의 전문능력을 가진 직업이다. 그들을 신뢰하지만 그들도 신이 아닌 이상 실수할 가능성은 있다. 우리는 모두 불완전한 존재이기에 억울한 죽음이 100퍼센트 없다고 자신할 수는 없지 않을까.

젊고 아름다운 여인이 있었다. 금융회사에 다니면서 경제적으로 넉넉했고 가족과의 관계도 돈독했다. 직장에서 인정받았고 동료와의 관계도 좋았다. 누구나 선망하는 완벽한 삶처럼 보였다. 그런 그가 어느 날 아무 예고도 없이 홀연 옥상에서 뛰어내렸다. 아무도 그 이유를 몰랐고 끝까지 알 수 없을 것이다. 이런 경우 유족의 슬픔과 절망은 이루 헤아리기 어렵다. 세상에는 그런 죽음도 많다.

10여 년 동안 장례지도사로 일하면서 나는 많은 죽음을 만나 왔다. 그중에 똑같은 모양의 죽음은 없었다. 앞으로도 나는 매번 다른 죽음을 만날 것이다. 사람들은 종종 묻는다. 무섭지 않으냐, 힘들지 않느냐고. 심지어 이런 궂은일을 왜 하느냐고 묻기도 한다. 나이도 젊은데 다른 '번듯한' 일을 찾아보라고 충고하기도 한다.

나는 대단한 사명감으로 장례 일을 하는 것이 아니다. 어쩌다 보니 이 길로 들어섰고, 하다 보니 사명감과 자부심이 생겼다. 장례는 인류의 시작과 더불어 생겨났다. 이 일은 인간사에 꼭 필요한 것이며 누군가는 그 일을 해야 한다. 그게 나라고 해서 이상할 것은 없다. 타인의 죽음을 정성껏 마무리해주는 일처럼 고귀하고 아름다운 일은 없다고 생각한다.

죽음을 주관했던 고대의 제사장들은 스스로 죽음을 넘어섰을까. 나는 아니라고 생각한다. 그들도 인간이기 때문이다. 주검을 대하면 대할수록 죽음이 무겁고 힘겹다. 험한 주검을 수습하는 데서 오는 두려움과 고단함 때문만은 아니다. 업력을 더할수록 연민과 슬픔이 자꾸 커지기 때문이다. 고인이 고단하게 살아왔을 시간이, 유족이 살아갈 날들이 가슴 아프고 안타깝다. 세상에는 왜 이토록 많은 고통과 아픔이 있는 것일까. 사연 없는 삶이 없듯이 소리 없는 죽음도 없다. 모든 죽음에는 마지막 메시지가 담겨있다. 이 메시지를 해석하는 것은 살아남은 자의 몫이다.

내 죽음은 어떤 모양일까. 내 뜻대로 되기를 바라지만 그렇지 않더라도 내 죽음의 모양을 보고 남은 이들이 놀라거나 힘들어하지 않기를 바란다. 나는 태어난 모습 그대로 죽었으면 좋겠다.

나를 찾아오세요

최대영

정확한 날짜는 모르겠다. 적당한 공기와 습도, 햇빛. 모든 것이 적당했던 날로 기억한다. 장례식장에서 일하던 시절이다. 덥지도 춥지도 않았으니 봄이나 가을이었겠다.

경찰서에서 변사자 시신 수습을 나가야 한다는 전갈을 해왔다. 그 회사에서 우리는 세 명이 한 조를 이뤄 일을 했다. 서류에 쓰는 내 직업은 장례지도사였지만 주 업무는 변사자 시신 수습이었다. 장례를 치를지 말지도 확실하지 않은 사람들을 맞으러 나가곤 했다. 장례를 준비하기 전까지의 단계, 고인이 되어버린 사망자를 현장에서 수습해 병원으로 일단 데리고 오는 것이 내가 하는 일의 대부분이었다. 죽은 사람은 움직이지 못하기 때문에 장례지도사인 나와 동료들이 사망자를 데리러 갔다.

변사자 전문 장례식장으로 소문이 나서 그리 되었는지, 그런 일을 주로 해서 소문이 난 건지도 알 수 없다. 그날도 변사자 수습을 하러 오라는 경찰의 연락을 받고 세 명 중 한 명은 사무실에 남아 당직을 서고 두 명이 나가게 되었다. 변사자가 발견되는 경우 인근 병원 장례식장에 순서대로 돌아가며 연락을 한다고 했지만 어쩐지 내가 일하는 곳에만 변사자가 몰리는 것 같은 느낌도 있었다. 그만큼 뉴스에 나오지 않는 변사자가 많았다.

관악산이었다. 산에서 죽은 사람을 발견하는 일은 추락사이거나 자살자다. 추락사의 경우 흩어진 시신을 수습해야 하거나 원형을 복원해서 데리고 내려와야 한다. 자살자는 어떤 형태로 발견되었는지 만나기 전까지 가늠할 수 없다.

산 입구에서 경찰을 만나는 경우도 있고, 위치를 알려줘 우리가 찾아갔을 때 이미 경찰과 과학수사대가 현장의 증거들을 채취하고 있을 때도 있다. 경찰은 대여섯 명 정도가 나온다. 담당형사, 팀장, 과학수사대가 같이 간다. 서울대 입구를 지나 고등학교의 뒷길로 올라갔다. 이 산은 사람들은 돌아앉은 산이라고 말한다. 산의 흙은 축축했고 밟을 때마다 내 무게가 땅을 누르는 것을 느꼈다. 바위가 많고 숲이 우거져 낮에도 어둡다. 서늘한 기운을 느끼며 올라가다 넘어지기도 했다. 땀이 조금씩 솟았고 숨도 조금 가빴다. 축축한 산 공기가 바람에 실려 왔다.

경찰이 알려준 길로 따라 올라가는데 바위와 나무에 쪽지가 꽂혀있었다. 산악회 안내문 같았다. 앞서가던 경찰이 쪽지를 펴보았다.

"이 쪽지를 따라오시면 저를 만날 수 있습니다.""이 쪽지를 잘 찾아오면 신비한 것이 있습니다."

동행한 경찰관이 소리 내어 글을 읽었다. 그 쪽지의 끝에 무엇이 있는지 알고 있었기 때문에 더욱 이상한 기분이 들었다. 망자가 남겨둔 안내문이었다.

삼십 분 정도 올라가자 나무에 목을 맨 사람이 흔들리고 있었다. 최초 발견자도 쪽지를 보고 발견했다고 들었다. 누군가에게 나를 찾아달라는 신호를 보냈던 사람이 산속에서 세상을 떠난 것이다. 살아있을 때도 세상을 향해 자신을 찾아달라는 메시지를 보냈을까? 알 수 없는 일이다.

우리가 경찰의 연락을 받고 산에 오르는 일은 대체적으로 이런 경우다. 혼자 산을 타고 올라 세상을 등지는 사람들을 찾으러 간다.

흔적만 남은 시신이 나무 아래 흩어져 있는 경우도 있었다. 사망한 지 꽤 시간이 지났다는 것이다. 생명이 끊긴 살점과 근육이 비바람 속에 방치되면 유골만 남는다. 육신의 연결은 해체되고 신체의 각 부분은 흩어진다. 점이 된다. 입고 있던 옷만이 바람에 가끔 펄럭일 뿐이다. 시신은 목을 맨 채 그대로 매달려있기도

했지만 시간이 지나면서 매듭만 남은 경우도 많다. 이 사람은 여기 오랫동안 혼자 있었다.

매달려있는 시신은 바닥에 눕혀야 현장검시도 가능하다. 나는 넓은 포를 펴고 시신을 감싸 안는다. 동료는 나무 위로 올라가 목을 조인 줄을 잘라낸다. 최대한 시신이 손상되지 않도록, 충격을 받아 육신이 흐트러지지 않도록 모든 일을 조심스럽게 해내야 한다. 과학수사대가 옷을 모두 걷어내고 시신을 검안하고, 육안으로 볼 수 있는 것을 최대한 확인하고 사진을 찍는다. 나와 동료는 그 옆에 서서 경찰이 현장을 모두 확인할 때까지 기다린다. 비가 오거나 눈이 내리거나 너무 더운 날에는 그 자리에서 시신에 대한 기본 검안도 할 수가 없다. 이미 훼손된 시신은 비바람이나 더위에 더 취약하다. 그 자리에 펴놓았다가는 고인의 형체를 아예 잃어버릴 수도 있다.

어떤 사람은 편지를 품고 죽는다. 가족들에게, 배우자에게, 수습을 해준 사람들에게 고맙고 미안하다고 세 통의 유서를 따로 적었다. 어떤 고인은 유서와 함께 돈을 넣어두기도 한다. 자기를 수습하고 나면 식사라도 하라고, 봉투에는 10만 원이 들어있었다. 우리는 유서와 함께 봉투를 고스란히 유족들에게 전하려고 잘 챙겨둔다. 이 모든 것들을 경찰이 기록한다.

현장에 대한 기록이 끝나면 그때부터 우리의 업무가 시작된다.

시신을 원형 그대로 보존해 장례식장까지 옮기는 것이 우리의 첫 번째 임무다. 흩어진 시신의 조각을 맞춰 팔다리의 위치를 정리한 뒤 모포에 감싸 들것에 올렸다. 그리고 산 아래로 내려가는 것이다. 앰뷸런스가 올라올 수 없는 지형이면 어쩔 수 없이 들것에 고인을 실어 내려가야 했다. 살아있는 사람이 부상을 당하면 헬기를 띄우지만 망자를 위해 헬기를 띄우는 경우는 없었다. 정상 부근에서 시신이 발견돼도 어쩔 수 없다. 내가 산에서 만난 고인들은 대부분 인적이 드문 곳에서 발견되었지만 그렇다고 전혀 접근할 수 없는 곳도 아니었다. 나는 가끔 그들이 누군가 자신을 찾아주길 바라는 것 같다고 느꼈다. 앰뷸런스까지 시신을 운구하고 나면 경찰이 수고했다고 격려를 해줬다. 경찰은 변사자 시신을 수습한 경험이 많은 우리를 선호했다.

산에 올라가서 죽는다는 것. 사람이 많은 그 어떤 곳에서도 편안히 생을 마감할 장소를 찾지 못해서 한참을 걸어 올라가 아무도 없는 곳에서 고요히 자신의 목에 줄을 거는 일. 현장에 도착할 때마다 죽은 사람들의 외로움과 고뇌가 내 옷깃에 스며드는 것 같았다. 사람들의 눈을 피해 숨는 것 같지만 사실은 누군가 자신을 찾아주길 바라진 않았을까. 세상과 이별하겠다고 산을 오르던 그때에 누군가와 눈이 마주쳤다면, 그 사람의 외로움이 조금 덜어졌을까. 떠난 사람의 마지막을 상상하는 것은 내 영역 밖의 일인 것만 같아서 얼른 생각을 접곤 했다. 나는 아직 세상의 끝에 다다른 것 같은 외로움을 모른다. 끝까지 외로웠던 사람도 결국 누군가에게 발견된다. 자기의 마지막 장소를 안내하는 쪽지를 남긴 사람은 산에서 혼자 많이 울었을까. 미루어 짐작하기도 어렵다.

일이 끝나면 동료들과 고기를 굽고 술을 마셨다. 누군가의 죽음을 지키고 난 뒤에도 내 삶은 계속 이어졌다. 유난히 고인의 잔상이 오래 남는 날이면 우리는 서로 오랫동안 연락하고 지내다가 서로의 장례를 치러주자고 다짐을 하곤 했다. 그래도 네가 내 뒤를 챙겨주면 좋을 것 같다고 말하며 술잔을 부딪쳤다. 그렇게 우리는 누군가 나를 찾아주길 바라게 되었다. 아무도 없는 곳에서 혼자 세상과 이별하는 건 지독한 일이다.

이 세상을 열심히 살았다는 걸 누구에게라도 한 번쯤 위로받을 수 있다면, 어쩌면 그게 내가 하는 일이 될지도 모르겠다. 어차피 떠나는 길이라면 조금은 풍요로웠으면 좋겠다. 웃으면서 이별할 수 있으면 더 좋겠다.

아직도 사람을 만나지 못한 망자들이 어느 산, 어느 숲에 숨어 있을지 모른다. 그들은 애타게 산 자들을 기다리고 있을지도 모

르겠다. 나를 찾아오라고. 숲속에서 초라하게 흔들리던 쪽지를
기억한다. 나는 오늘도 당신을 만나러 갈 테니까.

조등弔燈을 켜다

당신과
이별할 시간입니다

죽음을 맞는 일은 슬프고 암담합니다. 막을 수 없어 한스럽고, 두려워 애써 외면하기도 합니다. 생성과 소멸이 자연의 이치지만 그것을 몸으로 깨치고 받아들이는 일은 쉽지 않습니다. 죽음 앞에서 비루해지지 않기를, 두려움을 몸 안에 가두고 소멸을 받아들일 수 있는 용기를 구합니다.

죽음을 멀리해온 오랜 관습은 소멸할 준비를 소홀하게 만들었습니다. 한편으로는 살아가는 일이 벅차고 힘겨워 새기고 뒤돌아볼 겨를조차 없습니다. 삶의 지혜를 갖춰 죽음을 맞이하기란 실로 어려운 일입니다. 잘 죽는다는 것 자체가 단어적으로 온전하지 못할 수밖에 없는 이유입니다. 죽음을 선제적으로 이해하고 죽어가는 과정을 겸허히 받아들이는 지혜는 실용으로 설명할 수도, 실용이 개입할 수도 없습니다. 그래서 '웰다잉'이라는 조어는 허망합니다.

　죽음과 준비가 조화롭지 않듯이, 웰well과 다잉dying의 결합도 상투적입니다. 기계로 목숨을 연명하지 말라는 의사들의 간곡한 호소, 죽고 난 뒤에 찾아오는 신비한 세계를 믿고 용기를 가지라는 자의식, 늙는다는 것이 삶의 결정체라는 다독임, 이런 수사가 죽음을 설명할 수 있을까요. 그렇게 죽음을 감당할 수 있을까 의문이 듭니다.

　죽음을 목전에 둔 사람에게 웰다잉이란 절차와 방식, 위로일 테지만 죽음을 맞고 보내야 하는 이에게는 삶을 이해하는 시간이자 기회이기도 합니다. 누구나 배우고 준비할 시간은 부족하기 마련입니다. 늙는다는 것에는 무르익었다는 것과 함께 낡았다는 것을 포함합니다. 마르고 작아지고 구부러지는 소멸의 외형 안에는 숙려의 깊이, 슬픔의 무게가 담겨있습니다. 존엄한 삶이 존엄한 죽음을 예비합니다. 건강할 때 죽음을 맞을 마음도 다지며 준비해야 할 일입니다.

잘 죽기 위해서는 잘 보내야 합니다. 삶의 시간이 누적될수록 보내는 시간이 늘어납니다. 부고에 놀라지 않는 나이, 이별의 시간이 자연스러워집니다. 보내는 일의 종착점은 떠나는 시간일 테니 그 전까지는 마음을 담아 위로를 전하려 합니다.

조등이 은은하게 빛을 밝힙니다. 사랑하는 당신이 잘 떠나기를 기원합니다. 사랑하는 당신을 잘 떠나보낼 수 있기를 바랍니다. 미안합니다. 그리고 고마웠습니다.

당신의 영혼이 나에게 남았습니다

김상현

아버지는 한국전쟁 참전용사였다. 이북 출신이고, 위로 형님 둘과 누님 하나, 여동생 하나가 있었다. 흥남질소비료공장에서 일하던 아버지의 큰형은 일찍 세상을 떠났고, 둘째 형은 어딘가로 사라졌다. 만주에 갔다는 얘기를 들었으나 끝내 찾지 못했다. 해방이 되고 나서는 남쪽으로 내려가 서북청년단 활동을 한다는 소문을 들었다.

아버지는 전쟁이 시작되면서 남쪽으로 내려갈 결심을 했다. 북진해 올라온 미군 트럭을 타고 남으로 향할 때, 동구 밖에 서 있는 어머니에게 잠시 다녀오겠다고 인사를 나눈 것이 마지막이었다.

전쟁은 끝이 보이지 않았다. 먹고 살 길이 막막한 아버지는 군대를 선택했다. 입대를 하고 보니 이북출신이라고 차별이 만만치 않았던 모양이다. '부대 내부에서 맞아 죽으나 전쟁터에 나가 총 맞아 죽으나'라는 심정으로 장교 지원을 했다. 당시 장교에 지원하면 바로 소위 계급장을 달아줬다.

청년 아버지는 훈련을 마치고 전선으로 가기 위해 기차에 올랐다. 아버지는 중공군 부대의 이동경로를 파악한 공훈을 세웠고, 수색대로 활약했다고 한다. 귀에 못이 박히도록 들었던 얘기지만 기억에 별로 남아있지 않다. 부상을 입는 바람에 부산의 군수기지사령부에 배치받았다. 아버지의 몸엔 파편자국이 많았다. 보면서도 믿지 않았던 건, 내가 아버지를 믿고 싶지 않아서였다.

군 제대 후 혈혈단신으로 부산에 남은 아버지는 통영에서 선단을 운영하다 몰락한 집의 딸을 만났다. 삼촌들이 만주에서 독립군으로 활동했던 집안에서 태어나 진주여고를 나와 교편을 잡고 있던 이 아가씨가 나의 어머니다. 아무것도 없던 아버지와 모든 것을 가졌을 어머니가 결혼한 것이다.

아버지는 사회에 잘 적응하지 못했다. 수색대 장교로 전쟁터를 누비고 다녔고 군수기지사령부에서도 일했으며 방첩활동도 했던 이 사람은 도무지 집에 뭘 가져오는 일이 없었다. 그에게는 쥐꼬리만 한 월급 말고 어떤 부수입도 없었다. 우리 집은 지독히 가난했고, 아버지는 우리 삶에 아무런 도움이 되지 않았다.

아버지는 집에 없는 사람이었다. 어머니는 교편을 내려놓은 지 오래였다. 화장품 외판원을 하던 어머니는 어느 날 동대문에서 원단을 떼 왔다. 그러고는 집에 '미싱' 한 대를 들여놓더니 이불을 만들기 시작했다. 아버지는 가끔 집에 들어왔고, 그런 날 밤엔 으레 두 분이 밤을 새워 다퉜다. 아버지가 집을 떠나면 어머니는 나를 붙들고 하소연했다. "너는 절대 아버지처럼 되면 안 된다, 아버지 같이 살면 안 된다." 어머니는 끊임없이 반복해서 말했다. 그 말끝엔 늘 "나에겐 너밖에 없다. 너는 내 희망이다. 너 없으면 나는 죽는다"는 말이 따라왔다.

내가 중국에서 근무하던 2008년 어머니가 췌장암이라는 전갈을 받았다. 그 소식을 들으며 젊었을 때 내가 조직사건으로 끌려 들어간 충격으로 평소 달고 사시던 위궤양이 위암으로 번졌던 기억이 떠올랐다. 어쩌면 그때 위암이 지금 췌장암으로 번진 건 아닐까. 사업차 가족까지 모두 중국으로 이주한 상태였다. 나는 가족을 중국에 두고 혼자 귀국했다. 어머니 집에 머물며 남은 시간을 함께하고 싶었다. 10개월 정도, 어머니의 집에서 먹고 잤다.

어머니가 자꾸 한기가 든다고 하면 꼭 안아드리기도 했다. 어머니는 그리 길게 살 수 없었다. 병세가 악화돼 포천에 있는 천주

교재단 호스피스 병원에 모셨다. 아버지는 왜 기독교인이 천주교 호스피스에 들어가느냐고 역정을 냈다. 평생 어머니를 고생시킨 사람이 무슨 자격으로 끝까지 저리 말하나 싶었다. 정말 말도 섞기 싫을 정도로 싫었다.

어머니가 위독하다는 소식을 들은 날, 나는 출장에서 막 돌아온 참이었다. 급한 대로 아버지를 모시고 누나와 어머니가 머물고 있던 포천으로 달려갔다. 의사는 며칠 안 남은 것 같다고 우리에게 말했다. 호스피스 병원 바로 옆에 교회가 있는 걸 본 아버지가 교회에 가겠다고 했다. 교회를 둘러보다가 마침 그 교회의 목사를 만났다. 아버지는 그에게 어머니를 위한 기도를 부탁했다. 그는 호스피스 병원에 자주 간다며 꼭 들르겠다고 말했다. 나는 아무래도 며칠 거기서 머물러야 할 것 같아 옷도 갈아입고 짐도 챙길 겸 누나와 일산에 갔다가 돌아가는 길이었다. 도착시간 30분을 남겼을 때, 어머니가 임종했다는 전갈을 받았다.

우리가 병실을 떠난 사이, 낮에 아버지가 만난 목사가 와서 어머니를 위해 기도했다. 목사가 병실을 나가자 아버지의 손을 잡은 어머니가 그대로 숨을 거두었다는 이야기를 도착해서 들었다. 그렇게 평생을 미워하던 아버지의 손을 잡고 돌아가시다니, 도무지 이해할 수 없었다. 화가 치밀었다. 호스피스 병원에서 환자 가족을 위한 프로그램 때 아버지가 했던 말도 떠올랐다.

"너 때문이야! 네가 그때! 유치장 갔을 때! 그때 엄마가 병을 얻은 거야!"

"엄마 눈에 평생 눈물나게 한 게 누군데요?"

나는 내 약점을 찌른 아버지에게 크게 화를 내며 대들었다. 우리가 화해하지 못한 사이 어머니가 떠났다. 어머니의 장례를 치르고 난 뒤 아버지는 혼자 남았다.

"나는 구십에 갈 거다."

아버지는 마치 자기 미래를 아는 사람처럼 얘기했다.

2013년, 회사에서 더 이상 버티기가 어려워 퇴사했다. 아버지의 건강도 급속도로 나빠졌다. 평생을 미워했지만 그래도 혼자 남은 아버지가 마음에 쓰였다. 내가 퇴사를 하지 않았거나 계속 승승장구했다면 과연 아버지를 들여다보았을까. 알 수 없는 일이다.

따로 사는 아버지와 매주 만나 점심을 먹기로 했다. 그러다 나의 아버지이지만 세상에서 가장 낯선 이 남자를, 관찰하며 사진으로 남겨보고 싶다는 욕심이 불쑥 생겨났다.

"뭘 그렇게 찍어대?"

카메라를 들이대는 나에게 아버지가 퉁을 놓았다.

"아 좀 가만 계셔보세요. 이거 신경 쓰지 말고 식사나 하세요."

아버지를 만날 때마다 카메라를 가져갔고 아버지의 일거수일투족을 사진으로 남겼다. 그러나 뭐라고 말을 걸어야 할지 몰랐다. "아버지 이제 나랑 화해해요." 이렇게 말할 수는 없는 일 아닌가.

때마침 사진을 배우기 시작한 건 다행스러운 일이었다. 나는 아버지를 빤히 바라볼 줄 몰라 아버지와 나의 시선 사이에 카메라를 놓았다. 아버지는 식사를 천천히 하는 사람이었다. 나는 밥은 뒷전이고 계속해서 아버지에게 카메라를 들이댔다. 아버지는 내가 이해할 수 없는 기이한 사람이었고 평생 화해할 수 없는 그저 외롭게 늙어가는 존재였지만 어쩌면 이제는 어느 순간 아버지를 다 이해할 수도 있을 것만 같은 막연한 느낌이 있었다.

집안에서 할 수 있는 모든 것을 찍었다. 하도 찍어대니 더 이상 찍을 게 없었다. 뭘 더 찍어야 하나 고민이 돼 집에 돌아와 아이들에게 물었다. 딸아이가 "할아버지에게 제일 잘 어울리는 곳은 어디야?"라고 물었다. 나는 한 번도 아버지가 좋아하는 공간이 어딘지 생각하지 못했다.

어머니와 산책하던 일산의 호수공원, 이산가족찾기를 주관하는 대한적십자사, 용산의 전쟁박물관. 아버지와 함께 아버지의 기억이 남아있는 공간을 찾았다. 미처 상상하지 못했던 아버지의 반응을 보며 나도 아버지의 세월 속으로 빨려들어갔다. 지금은 화석이 되어버린 유적들 속에서 아버지는 살아 숨 쉬는 이야기를 꺼내놓았다. 가끔 맘에 들지 않는 부분도 있었지만 들을 수밖에 없었고, 나도 모르게 아버지의 시선을 따라갔다. 나는 어느 순간부터 카메라를 내려놓고, 인생의 패배자라고 생각했던 아버지를 지그시 바라보게 되었다. 귀에 못이 박히도록 하고 또 했던 이야기를 다시 들추어내며 카메라를 내려놓고 묻기 시작했다.

"여기가 어디라고 그랬어요?"

나는 아버지가 가지고 있는 사진을 보며 질문하고, 큰아버지는 왜 다리를 다쳤느냐고도 물었다. 상이군인이 된 큰아버지를 기차 안에서 우연히 만나서 부둥켜안고 울며 내렸던 곳이 노량진이 맞느냐고도 묻고, 이북에 두고 온 가족은 어떤 사람들이었냐고도 물었다. 아버지는 점점 기억을 잃어갔다. 시간이 갈수록 모른다는 대답이 더 많아졌다.

후회가 일었다. 아버지와 시간을 보낸다는 것도 상상해본 적 없지만 아버지의 기억을 잡지 못해서 후회할 줄은 몰랐다. 렌즈를 통해 아버지를 대면한 것은 직접 보는 것이 싫어서였다. 그런 매개체였던 카메라를 잠시 내려놓는 순간, 그 순간이 길어지면서 나는 아버지와 비로소 눈을 맞출 수 있었다.

아버지가 풀어놓는 이야기는 자꾸 어긋났다. 순서도, 연도도 뒤죽박죽이 되었다. 하고 싶지 않은 이야기는 모른다며 대꾸를

안 했고, 어떤 이야기는 기억나지 않는다고 했다.

'포철 공사장 노가다, 인천화물터미널 잡부, 낙타고지 수색대 근무 중 무릎 부상, 군단장이 방배경찰서장 제의했으나 뇌물을 요구해 거절, 전쟁 중에 부산 국제시장을 갔더니 권력자들 호화판이라 골목에서 통곡함. 전쟁 통에 부하들 중 사상자가 없었음을 자랑스럽게 여김.'

내 메모는 조각일 뿐이었다. 파편이 된 이야기를 어떻게 이어 붙여야 할지 알 수 없었다. 조각난 옛 사진처럼 나는 메모한 것을 바라보다가 수첩을 덮어버렸다.

아버지는 실버타운에서 혼자 지내며 얼마 되지 않는 남은 재산을 써대기 시작했다. 카메라를 사기도 했고 어딘가 기부도 했다.

"도대체 왜 그러세요. 이건 왜 사셨어요?"

"몰라. 너한테 말 안 해."

"왜 이러세요? 아버지 저 이제 백수예요. 저 돈 없어요. 아버지 그거 다 써버리면 저 아버지 못 모셔요."

"너는 아직도 인생을 모르냐?"

"모르긴 뭘 몰라요. 저도 오십이 넘었어요!"

"넌 아직 인생을 몰라. 돈으로만 사는 게 아니야."

한번은 실버타운 사무실에서 전화가 왔다. 아버지가 현금다발을 뭉치로 모금함에 놓고 간 것을 직원이 발견하고 따로 보관해 뒀다는 것이다. 아버지는 정신은 흐려도 육신은 여전히 건강한 상태였다. 아내와 며칠 간 상의했다. 돈을 다 쓴 것 같으니 실버타운에서 나오라 하고 집 근처로 모시자고 했다. 아내는 고맙게도 동의했고 서로 분담해 고집불통인 노인을 모시기로 했다.

"아버지, 만약 내게 무슨 일이 생기면 아버지가 제 아이들과 며느리를 돌보시겠죠?"

"그럼, 그래야지!"

"그럼 아버지가 어려워지면 제가 아버지를 돌보는게 당연하겠죠?"

"그래, 고맙다."

"그럼 이제부터 제가 아버지 모실게요. 돈 다 쓰셨겠지만 남은 통장 제게 주세요. 아버지, 여기는 너무 비싸고 제가 다니기에 멀고 힘들어요. 그러니까 우리 집 가까운 데로 이사를 합시다."

아버지는 예상과 달리 조용히 몸을 움직여 작은 파우치를 꺼내 나에게 건넸다. 만 원짜리가 엉망으로 엉켜 담겨있었다.

"이게 뭐예요?"

아버지가 그간 쓰고 남겨 놓은 돈이었다. 아버지와 저녁을 먹을 때였다. 갑자기 아버지가 창밖의 먼 하늘을 바라보며 혼잣말을 했다.

"이 조국이 얼른 통일이 돼야 할 건데 말이야…."

"거참. 별 걱정을 다 하시네. 아버지 걱정이나 하세요."

나는 아버지의 방을 나오며 처음으로 아버지와 깊은 포옹을
했다. 내일이나 모레 올 테니 그때 같이 정리하자고. 다음날 전화
를 걸었다.

"밖에 얼음이 얼었어요. 멀리 가지 마시고, 방에 계세요. 내일
모시러 갈 수 있을 것 같아요."

아버지는 별 말이 없었다. 그 다음날 실버타운 사무실에서 전
화가 왔다. 아버지가 돌아가셨다고. 나는 아버지의 임종도 보지
못했다. 아버지는 새 양복을 두 벌 사서 걸어두고, 그 중 한 벌을
입다가 쓰러졌다.

황당했다. 장례식을 치르며 내내 아버지가 자신의 마지막을 알
고 많은 것을 준비한 것은 아닐까 생각했다. 나에게 파우치를 건
네 준 것이나, 쓰지도 않을 카메라를 산 것이나, 이미 앙상해진
몸에 맞지도 않을 새 양복을 두 벌이나 맞춘 것이나.

어머니의 마지막과 아버지를 비교해보기도 했다. 어머니가 돌
아가시기 전엔 수개월간 생활을 같이 하며 충만한 기분을 느꼈
는데 아버지와는 겨우 화해만 했다. 인생 돈으로 사는 게 아니
다, 너는 인생을 모른다고 소리치던 목소리가 귓전에 생생했다.

장례식장에서 아버지 영정을 바라보고 있는데 조카가 뛰어 들어와 나를 찾았다.

"삼촌, 밖에 난리가 났어요."

부리나케 신발을 신고 나가보니 정복을 입은 노인들이 깃발을 들고 줄지어 서 있었다. 아침에 전화를 받은 게 기억났다. 국가유공자회라면서 문상을 와도 좋겠느냐고 물었다. 나는 별 생각 없이 몇 분이나 오시느냐고 물었는데 그들은 점심을 안 먹는다고만 대답했을 뿐이다. 주렁주렁 훈장을 단 노인들이 온힘을 다해 카랑카랑한 목소리로 외쳤다.

"여기가 김영환 대위 빈소 맞습니까."

앞에 선 노인이 경례까지 붙이며 나에게 물었다. 내가 대답을 할 새도 없이 다른 외침이 들렸다.

"우리는 화랑무공훈장 국가유공자 대위 김영환 빈소에 조문을 왔습니다!"

이게 무슨 상황인지 가늠할 수 없는 사이 그들은 저벅저벅 걸어 들어와 군인으로의 예를 갖춰 조문을 했다. 한 사람이 주섬주섬 종이를 꺼내 추도사를 읽었다.

'대위 김영환은 1952년 한국전쟁에 참전하여… 절개를 지키고 단 한번도 조국과 민족을 배신하지 않았으며… 평생을 조국의 자주평화통일을 위해 살아왔으며….'

나는 고개를 숙인 채 추도사를 들으면서 이야기의 미로 속에 갇힌 느낌이었다. 어떤 것들이 시공간을 초월해 들어왔다가 빠져나가는 느낌이랄까. 형용하기 어려운 기분이 이어졌다. 아버지가 보여줬던 향로봉 전투 사진이 떠올랐다.

장례식이 끝나고 아버지를 국립묘지에 안장했다. 어머니도 합장을 했다. 대리석으로 비도 세웠다. 외삼촌이 아버지 묘를 보며 말했다.

"그래도 자형이, 우리 누나한테 평생 집 한 채 못 해주더니, 재벌도 와서 누울 수 없는, 제일 좋은 대리석 집을 만들어줬구나. 평생 무너지지 않는 비석이 있는 집을 말이야."

뜨거운 것이 북받쳐 올라왔다. 나는 첫 삽을 뜨면서 눈물을 쏟았다.

"아버지 잘못했어요. 제가 잘못했어요."

나는 생전 처음이자 마지막으로 아버지에게 사과했다.

아버지는 위독하지 않았다. 이해할 수 없는 행동을 했지만 정신은 총명했고 어떤 최후의 조짐도 없었다. 입버릇처럼 구십이 되면 죽겠다던 약속을 지켰다. 전쟁의 상흔을 안고 산 아버지는 일생 나라의 안위를 걱정했을지 모른다. 공포와 불안 속에서 일상을 살아내는 게 힘들었을지 모르겠다는 생각을 이제야 해본다.

나는 그런 아버지를 평생 원망했다. 나에게 인생을 모른다고 호통치던 아버지의 삶은 돌이켜보면 영적인 것이었다. 세상과 끊임없이 불화하던 아버지는 늘 외로웠을 것이다. 타협하지 않으려고 애쓰면서 자신의 신념을 지키려고 한 아버지를 조금이나마 이해할 수 있을 것 같다. 아버지가 꿈꾸던 세상은 구체적으로 어떤 모습이었는지. 묻지 않았으니 듣지 못했다. 나에게 남은 시간 동안 당신이 소망하던 것이 무엇인지 수수께끼 같은 조각들을 맞춰보고 싶다. 아버지의 육신은 사라졌지만, 아버지가 눈앞에서 사라지면서 그의 영혼이 나에게 남았다.

내 근원이 된 사람, 당신이 죽어도 죽은 것이 아니라는 말에, 나는 이제야 고개를 끄덕인다.

굿바이 맘

이하나

　사람들이 북적이는 공원을 지나 골목을 몇 번 꺾어 들어갔다. 진한 채도로 색칠을 한 담벼락과 제라늄이 놓인 주택이 있었다. 사내 몇이 모여 서서 골목 어귀의 집을 바라보며 건물을 어떻게 바꿀지 이야기하고 있었다. 골목이 또 한 번 꺾이는 곳에, 장기철 조합원의 집이 있었다.

　키가 큰 대문은 열려있었다. 그는 어머니의 장례를 이 집에서 치렀다. 언론사 카메라도 다녀가서 이 집의 사진은 인터넷에서 쉽게 찾을 수 있다. 그때의 사진이 시절을 잡아둔다. 어머니를 보낸 이 집은 이제 많은 사람들이 쉬었다 가는 게스트하우스가 되었다. 대문으로 들어서면 작은 마당에 야외테이블이 있다. 한 번쯤 숨을 고르고 집 안으로 들어설 수 있다. 조도를 낮춰놓은 공간을 따라 지하로 깊이 판 공간이 있다. 이곳은 마치 보이지 않

조등을 켜다　89

는 거대한 나무가 뿌리를 박고 있는 것 같다. 보이지 않는 거대한 나무의 몸통으로 내려가는 길은 계단이다.

"여기는 지하였어요."

그가 주변을 둘러보며 입을 열었다.

1980년대 지어진 프랑스식 주택, 정작 프랑스에는 없다는 한국의 주택양식이다. 지하실이었던 공간과 안방과 거실이었던 공간을 깊이 파서 우물 같은 실내 중정中庭을 만들었다. 나는 그 중정에 앉아 사진이 붙잡아둔 그때의 이야기를 들었다.

"너는 왜 인생을 매번 무리해서 살아? 왜 그리 별나게 사느냐고?"

집에서 어머니 장례를 치르겠다고 선언하자 친구가 펄펄 뛰었다.

"뭐가 무리야? 충분히 할 수 있어. 요즘 같은 시대에는 모든 게 다 분업화돼 있잖아. 꽃은 꽃집에서 가져오면 되고, 상조회사에서 밥 해주고 염습까지 다 해준다는데 뭐가 문제야?"

"복잡하잖아. 집 장례 아무나 하니? 그게 그렇게 쉬워 보여?"

"뭐가 복잡해? 똑같아. 예전엔 다들 집에서 장례 치렀어."

그렇다. 예전엔 아파트에서도 장례를 치렀다. 리프트로 관을 내리기도 했고 복도식 아파트에 조등을 달고 내내 문을 열어두면 문상객들이 고인의 집을 찾았다. 집이 있어서 집에서 살았고, 집에서 살았으니 집에서 저 세상으로 돌아가겠다는데 뭐가 문제란 말인가. 집에다 시신을 모시면 또 화장터로 옮겨야 하니 병원에 그대로 두기로 했다. 그나마 고인이 마지막으로 머물던 병원은 호스피스였으므로 장례식을 집에서 한다는 것에 대해 병원측에서 난색을 표하지도 않았다. 수녀들은 고개를 끄덕이며 고인의 명복을 빈다는 말만 했을 뿐이다.

어머니는 폐암이었다. 평소 병원 다니는 걸 좋아해 그렇게 열심히 병원을 다니고 검사를 받았는데 폐암이라는 걸 알게 된 순간 4기라고 했다. 그동안 병원에서는 뭘 한 건지 도무지 알 수가 없었다. 수술이나 항암치료도 효과가 없을 건 당연했다. 이미 온몸에 퍼져버린 암을 잡아낼 수 있을 만큼 인류의 기술은 발달하지 않았으니까.

어머니가 돌아가시기 수년 전 아버지가 먼저 세상을 떠났다. 아버지는 자발적 죽음을 택한 셈이다. 사업에 실패하고 방에 틀어박혔다. 말수가 줄어들었고 더 이상의 소통은 없었다. 아버지는 사회적으로 오래전에 죽어버린 듯했다. 늙어가는 노인은 방에서 나오지 않다가 점점 쇠약해졌다. 그리고 숨이 다 해간다는 걸 느꼈을 때야 어머니와 나는 아버지를 방에서 끌어냈다. 승합차에 아버지를 태우고 병원으로 달렸다. 아버지는 아무 소리도 없이 차 안에서 숨을 거뒀다. 나 역시 아버지와 같은 처지였다. 나도 그 집에서 밖으로 나가지 않고 몇 년을 지냈다. 하던 일에 실패하고 사랑하는 사람과 헤어졌다. 내가 숨어들 곳은 어머니가 애써 지키고 있는 작은 집 한 칸이었다. 아버지와 내가 사회와 멀어져 집 안에 숨이 들어있는 사이 어머니는 물건들을 밖으로 내놓지 않고 집 안에 쌓기 시작했다. 단출한 세 식구와 어머니의 알 수 없는 마음이 집 안에 켜켜이 쌓였다. 고립의 냄새가 가득했다.

아버지가 돌아가셨다는 걸 의사에게 확인하고 나는 무엇을 어찌해야 하는지 알 수 없었다. 막막했다. 돈도 없었다. 장례를 치르지 못할 것 같았다. 한두 명의 친구에게 아주 오랜만에 연락을 했다. "아버지가 돌아가셨다." 집안에 처박힌 지 오래된 것을 아는 친구들이 병원으로 달려왔다. 아무것도 못할 줄 알았는데 신기하게도 장례식장이 꾸려졌고 친구들이 하나둘 조문을 왔다. 기특하게도 녀석들이 봉투에 돈을 담아 놓고 갔다. 친구들의 품앗이 덕에 아버지의 장례비용은 겨우 치를 수 있었다. 아버지의 죽음 때문에 어쩔 수 없이 밖으로 나왔다. 그렇게 친구들을 다시 만났다. 내가 세상에서 완전히 잊혔다고 생각한 건 내 착각이었다. 나는 잊히지 않았다. 다시 세상 밖으로 나올 수 있었다. 아버지는 당신의 죽음을 통해 나라도 밖으로 끌어낼 작정이었나 보다. 아버지가 돌아가시고 나는 해외로 떠돌았다.

어머니는 호스피스 병동에서 아무도 모르는 사이 숨을 거두었다. 의사는 예상치 못하게도 사인이 질식사라고 했다. 요구르트를 먹다가 뭐가 잘못되었다는 것인데 원인을 찾아내려면 절차가 복잡해지고 분쟁도 있을 터였다. 같은 병실에 있던 분들이 소리없이, 평안하게 가셨다는 말을 해주어 그나마 안심이 되었다. 나는 장례식을 준비했다.

아버지의 장례식을 치르고 난 뒤부터 어머니의 장례식은 꼭 집에서 치르겠다고 생각했다. 병원은 병을 고치러 가는 곳이지 조용히 혈육과 이별하기에 좋은 공간은 아니다. 작은 집에서 살던 어머니, 딱히 직업이 없으면서도 집을 지키려고 애썼던 어머니, 자기가 살던 곳에서 이 세상을 떠나는 게 가장 걸맞은 일이라는 단순한 생각이었다.

나는 일단 의사의 사망진단서를 받고 집에서 어머니의 장례를 치르려고 마음먹었다. 그 사이 친구들이 상조회사를 몇 군데 소개해줬고 그곳 직원들이 와서 상담을 했지만 모두 거절했다. 그리고 무연고장례를 치른다는 단체를 통해 일반 상조회사와 달리 집장례를 치를 수 있는 협동조합이 있다는 것을 알았다.

잠시 엄마를 병원에 두고 장례를 치르러 집으로 돌아왔다. 협

동조합에서 나온 장례지도사는 나와 이름도 비슷했다. 집에서
장례를 치르겠다고 했더니 별 말 없이 잘 준비하겠다고 했다. 준
비할 게 뭐가 있는지 같이 의논했다. 꽃으로 만든 제단이 필요했
고, 손님이 얼마나 올지 모르지만 음식도 필요했다. 대학동창 중
친한 친구 둘이 장례를 같이 치르겠다고 나타났다.

　장례지도사가 직거래하는 꽃집을 알려줬다. 삼단으로 하되 장
례식장에서 하는 것과 다르게 하려고 주문을 넣었다. 근처 시장
에 가서 음식을 사왔다. 친구들이랑 모여서 회의를 했다. 일종의
기획회의 같은 거였다. 나에겐 가장 큰 이벤트였고 우리 엄마의
가장 큰 인생 행사였다. 장례식엔 적잖은 돈이 들어간다. 내 인생
에 큰돈을 쓰면서 치를 행사가 몇 번이나 있을까. 결혼식, 고희연
이나 팔순연, 그리고 장례식 정도일 것이다. 그러니 가장 마음에
드는 공간에서 하는 게 당연하다. 어려울 것도 없었다.

　글씨를 쓰는 친구에게 전화를 걸었다. '엄마 사랑해, 엄마 고
마워, 엄마 잊지 않을게.' 친구가 조등으로 쓸 종이 등을 사왔다.
현수막업체에 엄마 사진을 맡기고 '엄마 사랑해요, Good Bye
Mom'이라는 글자를 넣어달라고 했다. 현수막은 흑백으로 길게
걸개그림으로 맞췄다. 집에서 장례를 치른다는 게 말도 안 되는
일이라고 여겼는지 친구들이 들락거리며 자꾸 뭘 물었다. 뭐 더
필요한 게 없느냐는 거였다.

하루 동안 장례를 준비하고 다음날부터 조문객을 받았다. 아무도 해본 적 없다는 것이 내가 하고 싶은 일을 방해할 수는 없었다. 지인들은 어찌 힘들게 집장례를 치르느냐, 아무도 그렇게 안 한다고 했지만 그 말은 분명 틀렸다. 그들은 안 했을 뿐이다.

"예전에는 늘 집에서 장례를 치렀어. 20년 정도 잠깐 안 했을 뿐이야."

내가 막걸리 사업에 손을 대고 있어서 좋은 막걸리도 마당에 부려놓을 수 있었다. 처음에는 집장례를 그리 반대하던 이들이 조문을 와서 쉬이 돌아가지 않았다.

오래 전 미국 뉴올리언스에 갔을 때 어느 술집에 쓰여있던 문구를 본 적이 있다. 재즈는 노예였던 한 사람이 세상을 떠날 때 그가 속한 공동체가 장례식을 치르며 행진할 때 부르던 노래라고. 노예였던 사람의 죽음도 이렇게 멋진 형식으로 애도할 수 있는데 나도 그 정도의 장례식은 치르고 싶다는 마음이었다. 고인의 마지막을 화려하게 만들고 싶은 욕망이 있었다. 나의 장례식이 언제가 될지는 알 수 없지만, 어머니의 장례식만큼은 어머니가 살던 집에서 가장 편안하게 잔치처럼 치르고 싶었다.

어머니의 장례식장에 온 친구들은 퍼질러 앉아 술도 마시고 이야기를 나누며 오랫동안 시간을 보냈다. 집 마당부터 골목에까지 테이블을 내놓았다. 와서 소란피우는 사람도 없었지만 워낙 엄마가 오랫동안 이 골목에서 살았기 때문에 이웃들이 밖에 걸린 조등과 현수막을 보고 조문을 하러 들어왔다.

집장례를 치른 것이 효자처럼 비춰져 적잖이 불편했다. 나는 단 한 번도 효자인 적 없었다. 그저 내가 하고 싶어서 한 일인데 대단한 죽음에 대한 의식이 있는 사람으로 포장되었다. 그러나 어머니의 장례를 치르고 만난 어느 점쟁이가 나에게 "쇼했네"라고 일갈하는 걸 듣고 속이 시원했다. 통쾌했다. 점쟁이가 한 말처럼 나는 어머니의 죽음을 멋진 쇼로 전환시킨 것이다. 쇼를 봐줄 관객이 있고 그걸 보면서 관객이 행복해하고 그 행사의 본질에 충실하다면, 쇼라고 해서 나쁠 것이 무엇인가.

어머니에게 최고의 이벤트를 선물해주고 싶었다. 분향소에는 음악을 틀어두었고 찾아온 조문객들은 빨리 빨리 일을 치르고 돌아가지 않고 오랫동안 머물렀다. 음식을 나누면서 우리 어머니를 모르던 사람도 조문을 했다. 게다가 어머니는 TV에도 나왔다. 돌아가신 다음이었지만, 어머니의 마지막은 잘 만들어낸 쇼의 주인공으로 매듭지은 셈이다. 단언컨대 어머니의 장례식은 행복했다. 어머니도 어디선가 자신의 장례식이 널리 알려지고 방송에도 나온 걸 보고 행복했을 것이다. 여전히 당신 집에서 여러 사람과 부대끼며 잘 사는 나를 보고 행복할 것이라 믿는다.

아버지가 당신의 죽음을 통해 나를 세상 밖으로 끌어냈다면 어머니는 나에게 먹고 살라고 집을 남겨주고 저 세상으로 건너갔다. 어머니가 쌓아두었던 수많은 잡동사니를 끄집어내며 삶을 정리했다. 어머니는 이 낡은 집을 나에게 넘겨줄 수 있도록 멋진 모습으로 만들어놓고 유명을 달리했다.

"오랜만에 그때 이야기를 다시 하니까. 부모님이 나에게 준 메시지가 뭔지 알 것 같아요. 부모의 죽음은 자식들에게 메시지가 된대요. 아버지의 메시지는 방 밖으로 나오라는 것이었고 어머니의 메시지는 이 집에 뿌리를 두고 잘 살아보라는 얘기였겠어요."

좋으니 싫으니 해도 부모는 나에게 생명을 나눠준 사람이다. 내 생애 처음을 기억한 사람들이 부모이고 그들의 마지막을 기억하는 사람이 자식이다. 세상 누구와도 맺을 수 없는 특별한 인연을 맺은 사람들이다. 나와 내 부모는 집을 매개로 세상에 들고 났다. 집은 그저 먹고 자는 일상을 해결하는 곳일 뿐 아니라 터전이고 기억이며 삶의 모든 것이다.

그와 가장 가까이에서 생명을 나눈 사람들이 이 집을 떠났다. 나와 분리될 수 없는 사람들이 다른 차원으로 넘어갈 때, 그들의 영혼은 떠나지 않고 나에게 흔적을 남긴다. 우리가 상상할 수 없는 어떤 차원에서 부모의 죽음은 영겁의 세월의 한 페이지를 넘기는 순간일지도 모른다. 그는 이야기를 끝내며, '부모가 나에게 주는 메시지'라는 문구에 다시 힘을 주며 밑줄을 그었다.

그 집의 문은 육중해보였다. 열어둔 문으로 들어갔다가 열어둔 문을 그대로 두고 골목으로 빠져나왔다. 여름에 그를 만난 뒤, 바람이 불고 비가 오고 가을이 떠나갈 때쯤 다시 그와 통화를 했다. 장례식 사진을 몇 장 보내주었다. 나는 전화를 끊고 가만히 생각했다. 내 장례식장에 놓이는 음식은 내가 평소 집착하던 음식들이었으면 좋겠고, 퀸의 노래가 흘렀다가, 밤에는 영화 〈첨밀밀〉을 틀어주면 좋겠다고.

내가 사랑하던 책들을 부려놓고, 나를 찾아 온 사람들이 한 권씩 가져가면 내가 당신들의 꿈에 나타나 축복을 빌어주겠노라고, 그렇게 미리 내 장례식을 기획해두고 가면 좋겠다. 나의 장례식을 문화제로 생각해보니 딱히 슬프지 않았다. 그렇게 믿기로 했다.

가슴에 묻고 자연에 뿌리다

김경환

아버지를 바다에 묻었다. 2016년 2월의 겨울, 인천 앞바다 17 번 부표. 아버지를 그곳에 뿌렸다. 생전에 그토록 그리던 북녘 고향 땅 가까운 바다, 거센 파도에 실어 보냈다. 조류는 돌고 돈다 니까 그리 멀지 않은 시간에 북쪽 바다에 가닿을 수 있겠지. 큰 물은 가를 수 없고 바다는 통짜로 한 몸이니 어떤 것도 65년 만 의 귀향길을 막을 수 없을 테지.

거기서 그토록 꿈에 그리던 '오마니'와 세 누이를 만나겠지. 그 러곤 부둥켜안고 야속한 세월, 모진 역사의 시간을 차마 입 밖 에 내지도 못하고 사무쳐 울겠지. 말보다 울음이 먼저 터져 나오 겠지. 그저 미어지는 가슴을 맷돌처럼 갈아대며 통곡을 쏟아내 겠지.

그날 아침, 하늘에 회색빛 눈구름이 두터웠다. 조금씩 내리는 눈은 자유로 8차선 도로에 구름인지 안개인지 모를 기묘한 무늬를 뭉게뭉게 피워 올렸다. 눈구름이 허물어져 내리는지 시야가 어두워졌다. 배를 띄울 수 있을까.

이틀 전, 아버지를 화장하고 바람이 사나워 보내지 못한 날보다 더 어지러운 것 같았다. 3일장은 5일장이 되었다. 북녘에서 18년, 남녘에서 67년. 아버지의 마지막 길은 인생만치나 순탄치 않았다. 고통과 고난만 안겨준 이 땅에 무슨 아쉬움과 미련이 남았던 것일까. 아버지는 쉬이 떠나지 못했다.

장례식장에서 많은 분들이 장지는 어디냐고 물었다. 1.4후퇴 때 혈혈단신 피난 내려와 이곳저곳 타향살이를 전전해온 분에게 따로 정처가 있을 리 없다. 봉안당이나 묘지를 정한들 그곳에 무슨 연고 한 자락이라도 있겠는가.

병석의 아버지는 곧잘 고향 땅 진남포와 군대 시절의 백령도를 언급했다. 함박눈 펑펑 내리는 날이면 눈이 소금밭을 덮어 어디가 눈이고 어디가 염전인지 분간할 수 없었다 하고, 백령도에서의 모진 구타와 배고픔을 때론 고통스럽게, 때론 아름다운 추억처럼 얘기했다. 싱싱한 생선회를 먹었던 아주 희미한 기억도 떠올렸다. 아버지는 마지막 순간 평양냉면 한 그릇 '씨언하게' 들이켜고 싶다며 입술을 달싹였다. 하지만 물조차 넘기지 못하던 아버지에게 평양냉면은 언감생심, 가당치 않은 욕심이었다.

그랬다. 아버지의 고향은 갯비린내 물씬 풍기는 바닷가였다. 그러니 마땅히 바다로 돌아가야 했다. 그곳이 그가 안식할 곳이었다. 바다장례를 치른다고 얘기했을 때 많은 이들이 궁금해 하고 신기하게 여겼다. "그런 것도 있어요?"

궂은 날씨에 바다에 도착했다. 반짝 해가 얼굴을 내밀었지만 바람은 사나웠고 파도는 높았다. 겨우 배를 띄울 수 있었다. 영정을 앞세우고 나무 분골함을 들고 연안부두로 향했다. 5분여쯤 포구를 향해 걸어 나갔을까. 48인승 운구선이 기다리고 있었다. 바람과 파도를 뚫고 바다로 나갔다. 6킬로미터쯤 나가자 17번 부표가 보였다. 멀리 인천대교가 눈에 들어왔다. 항로와 어장을 벗어난 해역이다.

사람들이 묻는다. 바다에 유해를 뿌려도 되느냐고. 인천에서 시작한 해양장(바다장례)은 2002년 231회를 시작으로 2012년 1001회로 네 배 이상 증가했고 계속 늘고 있다. 아직 정식 법제화는 되지 않았으나 인천시에서 조례로 허용하고 있다.

흔들리는 배 안에 제사상을 차렸다. 장례지도사의 진행에 따라 제례의식을 치렀다. 절을 하려다 파도에 흔들리며 비틀거렸다. 기우뚱 다시 중심을 잡고 겨우 의식을 마쳤다. 곧바로 산골에 나섰다. 갈매기 몇 마리가 낮게 날며 처량하게 울었다.

산골은 마구 뿌리는 것이 아니다. 그럴 경우 바람에 뼛가루가 이리저리 날리기 때문이다. 선미에 마련된 산골구에 상주를 필두로 차례차례 몇 주먹씩 내려보냈다. 배 꽁무니에서 하얀 가루가 흘러나왔다가 포말에 휩쓸려 사라졌다. 그렇게 아버지는 바다로 서서히 걸어 들어갔다.

〈찔레꽃〉 노래가 구슬프게 흘러나왔다. '엄마 일 가는 길에 하얀 찔레꽃, 찔레꽃 하얀 잎은 맛도 좋지~.' 참았던 눈물이 한꺼번에 쏟아졌다. 하늘을 향해 목놓아 울었다. 아버지는 열여덟 나이에 인민군에 징발되었다. 전선으로 이동하던 중 폭격을 만났고, 그 혼돈의 와중에 도주했다. 천지분간 못 하던 나이에 오직 목숨을 부지하기 위해 포탄과 부대를 피해 다니다 남쪽 땅에 닿았다.

새파란 이북청년이 반공의 나라에서 살아남는 방법은 충성서약뿐이었다. 처절하게 몇 번이고 몸으로 입증해야 했다. 해병대에 입대했고, 이번엔 국군으로 전선에 투입되었다. 천신만고 끝에 살아남았지만 여생은 그리 행복하지 않았다. 경상도 처자를 만나 결혼해 세 자녀를 두었다. 10년 남짓 살다가 이혼했고 다른 여인에게서 늦둥이 아들을 두었다. 사업에 크게 실패한 아버지는 돌아가시는 날까지 30년 가까이 어떤 직업도 갖지 않고 아무도 안 만나며 은둔하다시피 살았다.

일제치하, 분단과 전쟁, 군사독재와 산업화, 민주화, 신자유주의와 반민주화의 역사를 겪어온 85세 아버지의 일생은 그렇게 물속으로 사라졌고, 17번 부표와 함께 우리 기억 속에 남았다.

가끔 아버지를 생각하면 거대하고 새파란 바다가 떠오른다. 그 광활한 바다에서 커다란 고래 한 마리, 푸른 등으로 세찬 물줄기를 뿜어 올리며 힘차게 유영할 것만 같다.

바다는 '인류의 고향'이다. 모든 생명체는 바다에서 왔다. 아기가 자라는 양수는 바닷물과 같은 성분이라 하지 않는가. 생명은 죽어 흙으로 돌아간다. 흙은 토양이라기보다 티끌, 자연을 말한다. 모든 생명은 죽어 물로, 바람으로 돌아간다. 바다장례는 인간이 물로 돌아가는 '회귀의식'이다. 아버지는 그렇게 태초의 고향인 바다로 돌아갔다.

아버지에 앞서 나는 10년 전 어머니를 하늘에 묻었다. 경기도 남양주시의 어느 한적한 사찰, 야트막한 산허리에 뿌렸다. 2009년 1월의 일이다. 앙상한 가지를 드러낸 헐벗은 겨울나무들과 군데군데 얼음이 박힌 빛바랜 낙엽들. 거친 풍경 속에 하늘은 말짱했다. 우울하게 가라앉은 잿빛 하늘. 나풀나풀 눈이 내렸다. 온기가 남아있는 뼛가루를 허공에 뿌렸다.

포말처럼 흩어진 하얀 가루들이 눈 입자와 뒤섞이며 마른 낙엽 위로 가볍게 가라앉았다. 눈물이 흘러나왔다. 꾹 참았던 울음이 통곡으로 증폭했다. 곡소리가 하늘을 울렸다. 그 많은 울음은 어디에 쌓여있다 터져 나온 것일까. 목놓아 울고 또 울었다.

어머니는 경남 진해의 비교적 유복한 집안에서 3남 5녀의 장녀로 태어났다. 큰딸을 여의지 못해 애태우던 부모는 훤칠한 키에 수려한 용모의 이북청년을 소개받았다. 이북에서 혈혈단신 월남한 그 청년은 해군사령부에서 근무하고 있었다. 의지할 데 없던 청년으로서는 반색할 일이었을 것이다. 인연은 남북의 청춘을 맺어주었다.

하지만 결혼생활은 순탄치 않았다. 10여 년 남짓한 결혼생활은 결국 파국으로 끝났다. 어머니는 아버지와 이혼한 후 집 한 채와 세 남매를 떠맡았다. 세상물정 어둡고 의지가 약했던 어머니가 감당하기엔 버거운 짐이었다.

아무런 타산 없이 조그만 구멍가게를 낸 지 1년도 채 버티지 못하고 어머니는 완전히 무너졌다. 빚보증에 생활고까지 닥쳐오자 어머니는 자식들을 버리고 무작정 집을 떠났다. 나는 어른들이 타는 짐자전거에 보따리를 실어 버스정류장까지 날라다 주었다. 겁 많은 어머니는 도망치듯 떠났다.

중학교 때 헤어진 어머니와 재회한 것은 2007년이었다. 기적 같은 일이었다. 30년 만의 상봉은 낯설고 어색했다. 하지만 우리의 인연은 길지 못했다. 어머니는 내 생일 모임에 참석하기 위해 몸을 씻다 뇌출혈로 쓰러졌다. 그날 누님 집에서 만둣국을 먹기로 했었다. 향년 69세였다.

어머니는 쓰러진 지 3일 후에 세상을 떠났다. 설 연휴를 사흘 앞둔 때였다. 30년 만에 만난 자식들과 2년 만에 다시 이별을 한 것이다. 이번엔 영원한 이별이었다. 어머니는 끝내 의식을 찾지 못했다. 아무런 인사조차 못 나누고 절명하고 말았다. 고인의 양쪽 눈가에 희미하게 물기가 어려있었다. 어머니는 그렇게 고단하고 불행했던 삶을 마감했다.

경희대병원 장례식장에 빈소를 마련했다. 난생 처음 치러보는 장례였다. 상식이니 염습이니 운구니…. 생소한 장례용어들이 난무하고 화환 접수증이나 식음료 추가 영수증에 사인을 했다. 정신없이 문상객이 오가고 3일 후 발인했다. 운구차에 오르는데 버스 앞창에 '김경환'이라 쓰인 하얀 패찰이 놓여있었다. 나는 상주인 내 이름을 표시한 줄 알았다. 경기도 성남시 화장장으로 향했다. 눈발이 희끗희끗 날리기 시작했다.

화장 접수를 하는데 버스 기사가 동행했다. 접수증을 쓰고 있는데 버스 기사가 놀란 목소리로 물었다. "상주님 이름이 저와 똑같네요." "아 그럼, 버스 앞 패찰에 쓰인 이름이?" 기사 이름이

라는 것이다. 놀랍게도 그는 나와 생년이 같았다. 더욱 놀라운 일
은 그 다음에 벌어졌다.

고인의 생년월일을 적고 있는데 버스 기사가 떨리는 목소리로
말했다. "우리 어머니랑 생년월일이 똑같아요." 순간 머리끝이 주
뼛 서는 것 같았다. 세상엔 이처럼 기이한 일도 있는 것이다. 우
연이겠지만 그런 우연이 일어날 확률이 얼마나 되겠는가. 기사는
혼란스러운지 놀란 눈을 하고 머리를 흔들었다.

자존심이 세고 아쉬운 소리 해본 적 없는 어머니는 자식들과
생이별한 후 친정과도 단절한 채 홀로 살았다. 형제자매들은 내
어머니가 죽었다고 여겼다. 하지만 구순을 훌쩍 넘긴 외할머니만
은 어머니를 잊지 않았다. 외할머니는 병상에서도 "용자는 죽지
않았다" "마지막으로 우리 딸 얼굴을 꼭 한번 보고 싶다"며 끈
질기게 생을 이어갔다. 결국 외할머니는 어머니를 만나고 일주일
후 눈을 감았다. 편안한 모습으로 장엄한 최후를 맞이했다.

어머니는 평소에 "내가 너희 품에서 죽으려고 다시 만난 것 같
다" "나는 죽어서 우리 아들이 태워주는 꽃가마 타고 가고 싶다"
고 입버릇처럼 말했다. 어머니는 당신의 말처럼 수십 년 세월을
돌아 자식들이 보는 앞에서 임종했다. 마지막 길을 예감한 것처
럼. 그리고 꽃가마는 아니지만 꽃 관에 실려 고운 상복을 입고,
아들과 이름이 같은 기사가 운전하는 버스를 타고 마지막 길을

떠났다. 어머니 생애 몇 안 되는 화려한 순간이었을 것이다.

화장로에 들어간 어머니는 활활 타올랐다. 이글거리는 불꽃을 바라보며 나는 하염없이 울었다. 어머니는 두 시간여 만에 유골로 남았다. 누님은 "어쩜 저리 뼈도 얼마 없을까" 한탄하며 오열했다. 원체 작은 몸피라 유골의 양이 얼마 되지 않았다. 우리 삼 남매는 어머니를 산골하기로 하였다. 평생 작은 생각에 갇혀 감옥살이 같은 인생을 살았던 어머니.

평소 누님이 다니던 사찰로 향했다. 버스 기사는 남의 일 같지 않다며 비용을 받지 않고 사찰 근처까지 우리를 태워다 주었다. 우리는 어머니의 유골을 산속에 뿌렸다. 이제 어떤 것에도 얽매이지 말고 자유롭길 바라는 마음이었다.

어쩌다 나는 어머니와 아버지를 산골散骨하였다. 무슨 대단한 신념이 있어서가 아니다. 그것이 두 분을 자유롭게 할 거라고 믿었다. 하지만 가끔 잘한 일인지 의문이 들 때가 있다. 하지만 봉안당에 납골을 한들, 공원묘지에 매장을 한들 부모의 부재가 사라질까. 태어난 생명은 다시 자연으로 돌아간다. 나는 산골이 부모님을 왔던 곳으로 잘 보내드린 것이라 믿는다. 그곳이 우리가 떠나온 곳이고, 언젠가 우리 모두 돌아갈 곳이기에.

삶에서 죽음 익히기

전희식

입적入寂이라는 말을 아시는지? 희로애락으로 북적대던 사바세계를 떠나 비로소 고요함에 들었다는 말이다. 단어만 보면, 홀가분해 보이고 죽음의 아픔과 애달픔은 없다. 귀천歸天이라는 말도 있다. 천상병 시인의 시 제목이기도 하다. 하늘나라로 돌아갔다는 말이니 본래 하늘나라에서 왔던 존재라는 뜻이기도 하다.

동학 천도교에서 쓰는 환원還元이라는 말도 같은 의미이다. 동학 경전에서는 죽음을 '존재의 적극적 표현은 형체 있음이고 존재의 소극적 섭리는 형체 없음이므로, 죽음이라는 것은 존재가 본래의 자기 자리인 영의 상태로 간 것이니 이치에 따른 자연스러운 현상'이라고 설명한다.

만약에 그 존재가 적극적인 의지를 띠게 되면 형체 있음으로 드러난다고 하는 천도교의 '성령출세설'은 죽음을 '끝'으로 보지

않는다. 열반涅槃이라는 말도 흙으로 돌아간다는 말이니 죽음에
대한 대부분의 가르침과 교훈은 일치한다. 끝이 아니고 삶의 자
연스런 연결이라고. 원래 위치로 갔을 뿐이라고.

물론 현실의 죽음은 그렇지 않다. 슬프고 고통스럽고 애처롭
고 안타깝다.

어머니의 임종을 앞두고 며칠 전부터 〈티베트 사자의 서〉를
펴놓고 해당하는 부분을 낭송했다. 임종 전후로 전혀 새로운 상
황을 맞아 당황할 어머니의 영혼을 안내하고 위로했다. 죽음을
겪는 존재들은 가는 곳이 어디며 원래 왔던 곳이 어디였는지 모
르기 때문이다. 이 책은 임종 여러 날 전부터 죽은 뒤의 날짜별
로 자세히 안내가 되어있다.

우리가 낯선 곳에 가면 두리번거리듯이 죽음에 가까이 갈수
록 무서운 환영에 압도된다고 한다. 이때 나타나는 환영은 사실
처음 보는 것이긴 하나 자기 삶의 연장이라고 하고. 우리가 즐겁
건 괴롭건 그건 모두 경험과 그 연장선 위에 있는 상상의 산물이
듯이 죽음 전후로 나타나는 환영들 역시 그 자신의 삶이 지나온
경로라고 한다.

꼭 닷새 동안 병원 신세를 졌던 어머니가 좀 회복하는 듯해 이
대로 일어나 집으로 갈 수 있을 것 같다고 말씀했지만, 사실 이

는 주관적인 희망사항에 불과할 뿐이다. 가래가 점점 많아지고 숨이 배에서 가슴으로 올라올 즈음에는 아들딸이 모두 다녀가고 손자·손녀는 물론이고 손녀사위까지 병문안을 하고 간 뒤였다. 말년 휴가를 나온 내 아들이 꼬박 사흘 밤을 병원에서 할머니 곁을 지켜주었으니 손자 전송까지 받은 셈이다.

어머니는 가슴에서 목으로, 다시 목에서 턱으로 올라간 숨을 가쁘게 몰아쉬다가 탁 멈추었다. 그리고 고개를 떨구었다. '숨 넘어 간다'는 말이 그래서 나온 말인 듯하다. 이때가 대단히 중요한 시간이라고 한다. 기도해야 하는 시간이기 때문이다. 준비했던 대로 했다. 어머니의 길을 안내하고 위로하는 기도였다. 숨이 끊기면 흔히 통곡을 하거나 장례절차나 가족친지에게 알리는 일에 몰두하는데 잘못된 것이라고 한다.

숨을 거둔 사람의 영혼은 그 순간부터 아주 낯선 경험을 시작하는데 자신이 죽었다는 사실을 잘 모른다고 한다. 사고사를 당한 사람은 더 혼란스러워한다고 한다. 도대체 뭔 일인지 몰라 당황하기 때문에 옆에서 최소한 한 시간은 기도나 찬송을 하면서 독경하는 것이 중요하다고 한다.

임종 당시에 읽었던, 망자 곁에 있는 유족이 낭송해주면 좋은 구절을 일부 보자면 이렇다.

공간 전체가 청색 빛으로 가득 찬 것처럼 보이는데 청색
으로 빛나는 밝고 투명한 그 빛을 똑바로 바라보기가 어려
울 것이오. 푸른색으로 눈부시게 빛나는, 궁극적인 지혜의
이 빛을 두려워해서는 안 되오.

그 빛과 함께 신들의 영역에서 비치는 희미한 백색 빛이
나타날 것이오. 그대는 부정적인 까르마의 힘 때문에, 지혜
의 청색 빛을 두려워하며 도망가려 할 것이오. 신들의 영역
에서 비치는 희미한 백색 빛에는 친근감을 느끼고 접근하고
싶어질 것이오. 하지만 신들의 영역에서 비치는 희미한 백색
빛의 유혹에 빠지지 않도록 하시오. 그 빛에 애착을 갖지 말
고, 갈망도 하지 마시오. 거기에 매달리면 신들의 영역을 떠
돌게 되고, 결국은 여섯 차원의 존재 영역을 오락가락하는
신세가 될 것이오.

신들의 영역에서 비치는 희미한 백색 빛은, 절대 자유의
경지에 이르는 것을 방해하는 장애물이라오. 그러니 그 빛은
쳐다보지도 마시오. 대신 밝고 투명하게 빛나는 청색 빛에만
매달리시오.

물론 어머니와 아들 사이의 안내문으로 고쳐서 읽었다. 이다
음 순서로는 몇 해 전에 가입한 상포계인 한겨레두레협동조합에

연락했고 가족에게도 알렸다. 조합에서 나온 장례지도사가 어머니를 장례식장으로 모셨다.

어떤 씨앗 속에도 새싹이 들어있지 않다. 그러나 사람들은 경험으로 안다. 씨앗을 심으면 싹이 튼다는 것을. 지혜로운 농부는 씨앗만 보고도 이것이 외떡잎식물인지 쌍떡잎식물인지 알아낸다. 늙고 병든 사람을 보면서 청년기의 왕성함을 추상할 수 있다면 젊고 팔팔한 사람을 보면서도 병과 죽음이 그 안에 내장되어 있음을 볼 수 있다. 그걸 본다고 해서 위축될 필요는 없지만 그걸 인지할 수 있다면 삶이 보다 충일해질 것이다.

어머니는 매일매일 죽음과 같이 지냈다고 할 수 있다. 같은 방에서 손을 잡고 자는 나도 같은 처지였다. 며칠 동안 물 한 모금도 못 삼키고 일어나지도 못하면, '아 이대로 돌아가시는 건가' 싶어 안절부절못했고, 반면에 상태가 너무 좋으면 또 가슴이 덜컥했다. 저러다가 돌아가신다고 들었기 때문이다. 이상한 꿈만 꿔도 더 이상 못 사나 보다 싶었다.

사흘 이상 하혈을 계속 하던 때가 있었다. 하혈이 그치지를 않았는데 내가 아는 모든 민간요법을 다 하다 보니 피가 멎었고 그 뒤로 어머니 몸이 눈에 띄게 좋아졌다. 이때 주변 사람들과 아는 후배 의사가 여러 민간요법을 가르쳐줬다. 특히 의사 후배는 어머니가 너무 고령이고 하니 병원에 가지 말고 몸을 따뜻하게 해주라면서 브로콜리와 양파, 당근 등을 추천해주었다.

어머니가 (내게 일러준 바에 따르면) 허연 도포를 입고 한 자나 되는 수염을 늘어뜨린 서너 명의 귀신에게 떠밀려가면서 악을 쓰고 발버둥을 칠 때, 어머니는 분명 죽음의 문턱에 서 있을 때였을 것이다. 옷에 대소변을 다 지리고 땀을 뻘뻘 흘리면서 내 손목에 어머니 손톱자국이 푹 날 정도였으니 말이다.

때로는 멀쩡하게 맑은 정신으로 바느질을 하면서 두런두런 얘기를 나누다가 "쫌 있으면 하늘에서 왕 거미줄이 내려온다. 내가 그거 타고 하늘로 올라갈 끼다. 너는 몬 간다. 아직 갈 때가 안 됐다"고 천연덕스럽게 말씀할 때는 죽음이 이렇게 가까이 다가와 있구나 싶었다. 하늘나라에 가면 물이 하도 많아서 옷에 아무리 여러 번 오줌을 싸도 빨래하기에 문제가 없다는 말씀을 할 때는 죽음이라는 것도 상상의 세계에 불과하겠다는 생각이 들기도 했다.

사실 죽음과 연결되지 않은 일상은 없다고 하겠다. 돌연사를 하건 자연사를 하건 지병으로 숨졌건, 죽음과 직간접으로 원인이 되는 삶의 순간을 살고 있는 것이다. 교통사고로 죽은 젊은이나 투신자살한 중년도 그렇게 볼 수 있다. 다만 그렇게 연결되어 있다는 것을 모른 채 천연덕스럽게 천 년이라도 살듯이 평상시처럼 선택하고 결정할 따름이다.

나는 어머니를 모시게 된 것을 계기로 일찍부터 죽음학(생사학) 관련 책과 다큐멘터리는 물론 내셔널지오그래픽의 영상을 찾아보면서 필요한 준비를 미리 했다. 영정사진은 지역 농산물 축제에 갔다가 한쪽 부스에서 거리의 화가들이 즉석 인물드로잉을 하기에 부탁했고 4만 원을 주고 액자까지 만들었다. 수의는 형수가 한삼모시로 준비해놓았지만 조합에서 권하는 것이 훨씬 간편하고 저렴해서 그것으로 했다.

씨앗 속의 새싹처럼 눈에 보이지 않고 낌새마저 없지만 살아 있는 모든 순간에 죽음의 씨앗이 스며있다. 직시할 수 있는 안목이 있으면 생이 더 알차지 않을까 싶다.

나만의 준비사항이라면 장례식장 사진 전시와 약력 게시, 추도식이었을 게다. 영상을 상영하기도 했다. 사진과 영상은 평소 많이 찍어두었다. 주로 어머니 기억력 증진을 위한 도구로 쓰기 위해 사진과 영상을 찍어뒀는데, 사진은 인터넷으로 해상도와 사진 장면에 따라 크기를 다양하게 현상해 보관하고 있었다.

돌아가시기 며칠 전 어머니에게 사진을 보여 주면서 기억을 되뇌게 하는 놀이를 하였다. 엉뚱한 대답이 나올 때마다 배꼽을 잡고 웃기도 하는 재미있는 놀이다. 효과도 있었다. 처음에는 가족을 알아보더니 나중에는 낯선 사람도 알아봤다. "내가 등신인 줄 아는가베? 엊그제 왔다 간 놈 아이가?" 하였으니까.

그 사진들을 주제별로 분류해 장례식장에 전시했다. 주로 여행, 농사, 놀이, 건강, 음식, 가족 등이 벽면 따라 전시된 사진들의 주제였다. 어머니를 전혀 모르고 온 문상객도 그렇고, 책이나 티브이를 통해 어렴풋이 알고 오신 분도 사진을 보며 고인에 대한 추모를 더 구체적으로 할 수 있었다고 본다.

대개 장례식장에 가면 "장례식장에서는 시끄럽게 떠들고 고스톱도 치면서 유족이 너무 슬픔에만 빠져있지 않게 해야 한다"고들 말한다. 틀린 말은 아니지만 정작, 고인이 연세가 어떻고 돌아가실 때 어땠는지 건성으로 묻고 그걸로 '땡'이라면 부실한 조문이라 아니할 수 없다. 고인에 대해 좀 더 자세히 알고 애틋한 추모의 정을 표하는 것이 생략될 필요는 없다고 본다.

추모식을 밤마다 한 것도 재미있는 일이었다. 평소 마음에 있었던 계획이라 어머니 모시던 카페에, 3일장이니까 이틀 동안 밤 7시마다 추도식을 한다고 공지했다. 오신 분들이 추도식 때 각자 위치에서 어머니를 떠올리고 한마디씩 나누었다. 영상도 틀었다.

어머니 약력을 죽 써 내려가다 보니 제법 그럴 듯했다. 언제 태어났고 언제 시집갔고, 첫 애를 언제 낳고, 언제 이사 갔고, 언제 다쳤고, 언제 아팠고 등등. 아버지가 돌아가셨을 때 어머니 나이가 마흔셋이었다. 다섯 살짜리 막내부터 두 살 터울로 포도송이

처럼 줄줄이 일곱 남매를 혼자 키운 이야기는 한 사람의 약력에
서 벼슬이나 상 받은 기록 못지않게 중요한 부분임을 느낄 수 있
었다.

장례식장에서 일회용품을 안 쓰고 유기농 음식으로만 조문객
을 대접하려고 오래 전부터 마음먹었다. 물론 제대로 잘 하지는
못하고 부분적으로만 할 수 있었다. 우리의 장례식장 문화가 그
걸 어렵게 한다는 것을 알고서 준비했는데도 많이 부족했다. 어
머니가 평소 하던 것을 보면 집에 찾아온 손님에게 수입 냉동식
품 또는 출처도 모를 외식업체 납품 음식을 대접하는 것은 상상
도 할 수 없는 일이다. 음식 대접하느라고 일회용 쓰레기를 잔뜩
만드는 것 역시 께름칙한 일이다.

손님에게 은박지 일회용 접시에 음식을 담아 내놓는다는 것은
있을 수 없는 일이다. 사람이 죽었다고 그렇게 해서야 되겠나 싶
어서 오래 전부터 작정을 했는데 새삼 우리나라 장례시스템이 그
걸 온전히 할 수 있는 환경이 아님을 뼈저리게 느꼈다.

삼우제 이후에 49재를 지냈고 그 기간 동안 〈티베트 사자의
서〉의 해당 날짜를 독경했다. 어느 잘 아는 분이 밥보다는 훨씬
가벼운 차를 공양하라고 해서 아침저녁으로 어머니 영전에 보이
차를 따뜻하게 끓여 올렸다. 평소에도 내가 밥처럼 매일 마시는,

어머니랑도 가끔 마셨던 '지유명차'라는 보이차이다. 차는 물론 다기와 다포를 새것을 사서 올렸다.

49재는 돌아가신 영가에게 좋다는 게 정설이다. 그러나 막상 해보니 기도하는 자신에게 너무도 좋다는 것을 알게 되었다. 가신 분에 대한 회한과 설움이 잘 승화될 뿐 아니라 삶과 죽음 그 자체를 자연스레 받아들이는 자신을 발견하게 된다. 인간에게 가장 큰 장벽이자 공포가 죽음인데, 죽음을 좌절이나 공포로서가 아니라 자연스레 새길 수 있다는 것은 큰 도를 깨치는 것이라 할 수 있겠다.

49재를 지내는 동안 기도원에 들어가서 보름 동안 기도를 했다. 기도를 하면 망자와 새로운 차원에서 깊게 소통하는 기회를 갖는 이채로움이 있다. 대개 요즘 사람들은 사찰이나 영묘원 등에 유골을 모시고 49재 기도를 위탁한다. 웬만하면 집에 사진 하나 걸어두고 아침저녁으로 정화수 한 그릇 떠놓고 직접 하는 게 가장 좋다고 본다. 경전을 읽으면서 10분 내외 기도하면 하루가 참 맑고 밝다.

49재는 아주 독특했다. 흥겨운 잔치였다. 모두 내가 기획했고 연출했으며 소품을 직접 만들었다. 나는 절에서 하는 49재를 두어 번 본 적이 있다. 두 번 다시 하고 싶지 않았다. 너무 지루하고 복잡하다는 것이 그것이고, 유족 중심이 아니라 스님 중심이라는 느낌이 들었기 때문이다. 알아들을 수도 없는 독경을 어찌 그리도 많이 하는지. 유족은 오로지 꾸어다 놓은 보릿자루처럼 스님이 시키는 대로 이것 들고 서 있다가 저것 태우고, 저리 가라 면 저리 가고.

명상 춤을 추는 분과 바라춤을 추는 전통문화 운동하는 선배를 모셨다. 노래도 하고 춤도 추었다. 참석자 모두 어머니께 차를 올렸다. 큰 드럼통으로 만든 화로에 춤꾼이 나눠줘서 적은 어머니 추모 쪽지를 태우면서 하늘로 보냈다. 너울너울 한지 쪽지가 타오르면서 어머니 넋인 듯했다.

장소도 어머니랑 쑥 뜯던 우리 농장에서 천도재를 했다. 봄이 오기가 무섭게 찬바람이 바짓가랑이 속으로 파고드는 것도 아랑곳하지 않고 쑥칼을 들고 누비던 바로 그 밭두렁에 걸터앉아 천도재 음식을 나눠먹는 것도 별미였다.

그때 천도재 영상을 다시 보면 뭐가 그리 흥겨운지 정신없이 바람개비 춤을 추던 내 모습을 볼 수 있다. 가야 할 곳으로 잘 가는 날이 천도재이니 어머니가 분명 잘 가셨다는 느낌이 드는 하루였다.

어머니와 함께 살 수 있는 시간이 제한되어 있다는 것은 처음부터 알았다. 내 판단에 최대치가 3년이었다. 물론 막연한 추정이었지만. 그래서 하늘이 허락하는 기간 동안 최대한 인위적인 장치나 전기전자 제품을 걷어내고 자연상태를 복원하여 산다는 것이 첫 번째 원칙이었다.

집도 100여 년 된 낡은 농가를 구해서 흙과 돌과 나무로만 고쳐 살았고 보일러 없이 아궁이에 불 때서 겨울을 났다. 내가 농사지은 음식을 먹었고 석유화학 제품을 멀리했다. 계곡 물을 먹었고 눈이 오면 어머니를 밖으로 불러내서 눈을 맞았고 초봄의 해쑥은 놓치지 않고 철퍼덕 밭두렁을 타면서 뜯었다. 이런 수고를 통해서 명아주나물, 머위잎과 그 대궁, 광대나물 등은 이른 봄의 단골 반찬이 되었다.

집 안의 어머니 동선에는 익숙한 옛날 생활도구들을 걸어 두었다. 어머니랑 같이 서너 시간 부엌 가마솥에 콩을 삶아 청국장도 만들었다.

두 번째는 당신이 삶의 주체가 되게 하는 것이었다. 호박잎 한 장도 어머니 휠체어를 밀고 가서 밭에서 뜯어 와 수제비를 끓였다. 소금을 넣을 때 어머니더러 넣게 해서 짜디짠 수제비를 먹어야 하기도 했다.

잘 죽는다는 것은 잘 사는 것이라 여기고 잘 사는 것이 뭔지, 내게 적절한 삶의 내용과 수준은 어떤 것인지를 궁구하고 연찬하는 것은 생물학적인 죽음이 모든 것의 끝이 아니라는 믿음 위에 서 있다. '나는 신령한 존재다. 나는 세상 유일한 나다. 내 속에 하늘 기운이 늘 함께한다. 내 속에 우주가 있고 우주는 나와 교통한다.' 이런 인식은 죽음이 큰 순환의 한 마디에 불과함을 일깨워준다. 삶의 참 주제가 되게 한다.

세 번째는 어머니 삶의 사회성을 유지하는 것이었다. 한 존재의 삶과 죽음은 뭇 존재와 떼어내 생각할 수 없다. 나 개인의 혈육으로서의 어머니로만 보지 않는 것이 이 때문이다.

그래서 카페의 이름도 '부모를모시는사람들'에서 '(천지)부모를모시는사람들'로 바꾸었는데 '천지부모'는 동학2대 교주 해월 최시형 선생이 쓴 경전 이름이기도 하다. 천지만상만물을 부모로 여기고 섬기라는 말씀이 들어있다. 같은 이치로 내가 어머니를 섬기고 잘 모시는 것이 천지만물만상을 잘 모시는 것이 된다고 생각했다.

어머니를 잘 모시겠다는 다짐 때문에 다른 존재를 해치거나 소홀히 하는 일이 있어서는 안 되겠다고 생각했다. 수세식 화장실의 유혹을 뿌리치고 어머니 전용의 생태뒷간을 고집한 것도 그래서이다. 아마 수세식 화장실 없이 중증 치매 부모를 모시는 것은 불가능한 일로 여길 것이다. 환경에 치명적인 수세식 화장실을 거부한 것은 또 다른 이웃사랑이라고 생각한다.

〈티베트 사자의 서〉의 기도문은 늘 반복되는 대목이 있다. 매일매일 달라지는 죽은 이를 안내하는 이 기도문에 꼭 같이 들어 있는 내용이다. "…이것은 모두 당신 자신의 의식이 투영된 환상임을 알아야 합니다"이다.

숱하게 만나는 실제와 같은 환영들은 살았을 때 그런 환영들과 같은 상태였을 때거나 그와 같은 부류의 존재들에게 완전히 압도당했을 때 느꼈던 두려움과 공포, 희열이었다고 지적하는 대목이다. 살았을 때의 느낌과 생각과 행동을 다시 환영으로 만들어내고 있는 것에 불과하다고 말이다.

매일의 기도문에 반복되는 대목이 또 있다. "…그 모두가 투영된 환상임을 알아채기만 한다면 당신은 깨달은 몸을 성취하고 절대 자유의 경지에 이르게 됩니다"이다. 이것은 살아있는 모든 사람들에게도 적용되는 말이다. 나의 느낌, 생각, 행동이 그와 같다. 실재는 없고 공空의 세계를 환영으로 인식하는 것이다. 기독교인이라면 예수의 모습으로, 불교인이라면 부처의 모습으로 바르도(실상중음實相中陰) 시기를 맞는다고 하는 이유가 이것이다. 모든 근원은 내 안에서 시작되고 환영으로 생멸하는 것이다.

삶은 죽음까지 포함하는 긴 여정이다. 삶에서 죽음을 익히고 친숙해지는 것. 해서 삶에 더 충실해지는 것. 잘 사는 것이고 잘 죽는 길이려니 싶다.

장례의 풍경

유종오

"어머니!"

그 순간 나는 방문을 박차고 나가 울부짖으며 어머니를 찾았다. 가을 햇볕 아래 밭일을 하던 어머니는 하얀 머릿수건을 풀어 내리고 잠시 먼 하늘을 바라보았다. '마침내 올 것이 왔구나' 하는 표정으로 나를 바라보고는 아버지가 누워있던 방안으로 들어갔다. 아버지는 그렇게 먼 길을 떠났다.

여름방학 이후 아버지의 병세는 급속도로 악화되었다. 하루하루가 마지막 날이 될지 모르던 때였다. 그날은 울산에서 대학에 다니던 작은 형을 빼고 모든 가족이 집에 와있었다.

방 한가운데 깔아놓은 손바닥만한 요 위에 아버지가, 앙상한 뼈만 남은 쪼그라든 모습으로 희미한 숨을 이어가고 있었다. 곁에서 조용히 지켜보다 가끔씩 숨소리가 들리지 않을라치면 가습이 덜컥 내려앉아 손가락을 코 근처에 가져가 호흡을 확인하곤 했다. 며칠째 물 한 모금 넘기지 못한 상태로 마지막 가는 숨을 몰아쉬던 아버지는 구름 한 점 없이 맑던 가을날 오후 마지막 숨을 놓았다.

예감하고 있으면서도 막상 상황이 벌어지면 쉬 받아들이지 못하는 것이 죽음이다. 임종의 순간 곁에서 지켜보던 나와 형과 누나들은 숨이 멈춘 채 영영 이 세상을 떠나는 아버지를 붙잡고 한참동안 통곡을 쏟았다.

옆에 있던 작은할머니가 채 감지 못한 아버지의 눈꺼풀을 쓸어내리며 나직이 말씀했다.

"잘 가시게나, 고생 많았네. 이젠 편히 쉬어야지."

어머니는 슬픔을 가슴에 끌어안은 채 혈농이 흘러나오는 아버지의 귀와 코, 눈을 솜으로 틀어막았다. 오랫동안 굽어있던 아버지의 무릎을 조심스레 주물러 곧게 펴고 양팔도 가슴에서 거두어 가지런히 옆으로 내려놓았다. 오랜 병을 앓다 죽음에 이르면 몸의 구멍으로 피고름 같은 게 흘러나오는 것일까. 질긴 암세포와 싸우느라 아버지의 피와 살과 뼈들은 짓물러서 농이 되어버린 것일까. 어린 내게는 무척 놀라운 모습이었다.

아버지를 생각할 때면 먼저 사진 한 장이 떠오른다. 한가운데 피로한 표정의 아버지가 의자에 앉아 있고 그 뒤로 어머니와 두 형, 누나 셋과 매형, 그리고 어린 조카까지 하나같이 희망을 잃은 슬픈 얼굴을 하고 카메라를 응시하던 마지막 가족사진. 아버지가 가시기 전 그해 여름방학에 찍은 사진이다. 앞마당 감나무 아래 평소 사용하던 의자를 내놓고, 어머니는 부종으로 부은 아버지의 양발에 양말을 신기고 이미 헐렁해져버린 양복 윗도리를 입혔다. 어머니가 퉁퉁 부은 아버지 발에 간신히 구두를 끼워 넣던 모습이 기억에 선명하다. 항상 정리정돈과 깔끔한 몸가짐을 중시했던 아버지가 사진에 찍힐 당신의 모습을 생각하고 구두 신기를 고집했을 것이다.

아버지는 전남 영광군 불갑면에 처음으로 신설 공립중학교의 터를 마련해 그 위에 교사를 짓고 초대 교장으로 부임했다. 피로와 스트레스 때문이었는지 아버지는 교장 부임 2년 만에 간경화라는 불치의 병을 얻었다. 병원 진단을 받고 일 년 가까이 효과 없는 갖가지 처방에 지치고 병세가 악화되자 그해 여름 모든 것을 내려놓고 살던 시골집에 내려와 생의 마지막 하루하루를 보냈다. 그 당시 아버지와 나눈 대화는 거의 기억나지 않는다. 하지만 아버지가 어렸을 적 벌거벗고 놀던 내 모습을 작은 도화지에 그리며 함께 즐거워했던 추억은 생생하다.

아버지의 얼굴에는 1년여 동안 병마와 싸우며 하나둘 자리 잡은 피로가 두텁게 쌓여있다. 가족은 집안의 절대적 의지처가 조만간 사라질지 모른다는 예감 때문에 불안감이 가득한 표정이다. 시골집을 방문할 때면 나는 큰 방 벽에 나란히 걸린 가족사진들 사이에서 이 우울한 느낌의 사진을 유심히 보곤 했다.

집 안에서 터져 나오는 통곡소리에 마을사람과 이웃에 살던 작은할아버지에게 아버지의 부음이 전해졌다. 한달음에 달려온 작은할아버지는 울고 있는 우리를 아버지에게서 떼놓았다. 그러고는 누워있던 아버지의 시신을 담요로 싼 뒤 방 윗목에 병풍을 치고 그 뒤쪽에 모셨다.

아마도 매형이 아버지의 사망과 관련한 행정절차를 맡아 진행하고 큰형과 동네 사촌형님들이 부고를 보내고 관과 만장, 상여를 준비하러 이리저리 연락하고 뛰어다녔을 것이다. 어머니는 미리 준비해 궤짝에 넣어둔 수의와 상복을 꺼내 작은할아버지와 형, 누나 그리고 내게 입게 했다.

아버지의 시신이 모셔진 병풍 앞에 제사상이 차려지고, 부엌에서는 조문객들 접대를 위해 누님과 사촌네, 동네 아주머니들이 바쁜 일손을 거들며 슬픔을 나누었다. 누군가의 손으로 마당에는 여러 장의 멍석이 깔리고 어디서 구해왔는지 그 위로 하얀색 천막을 쳤다. 헛간 쪽 마당에서는 한 마을 아저씨들이 만장과

깃대를 만들고 있었다.

나는 형과 함께 상주가 되어 장마루에서 조문객을 맞이했다. 대문으로 친지와 마을 어른들이 하나둘 모습을 보이고 동네 아이들도 어른과 함께 따라와 마당에 펼쳐진 멍석 위를 이리저리 건너다니며 장난을 치다가 혼나기도 했다. 아직 어린 내 눈에는 아버지가 살아있는 그들이 너무 부럽기도 하고, 어린 상주 역할이 몸에 안 맞는 옷이라도 입은 듯 어색했다.

다음날 아침 작은할아버지가 모든 가족을 불러 모은 뒤 큰 방에서 염습을 진행했다. 염습殮襲은 염殮과 습襲이 합쳐진 말이다. 염은 시신이 흩어지지 않도록 묶고 마지막으로 입에 곡식을 물리는 일이고, 습은 시신을 목욕시키고 일체의 옷을 수의로 갈아입히는 동시에 머리카락과 얼굴, 손발톱을 정리하는 과정을 말한다.

염습은 죽음에 이르는 과정에서 흐트러진 몸의 매무새를 정돈하고, 저 세상으로 떠나는 긴 여행을 할 수 있도록 고인의 입장에서 품위 있는 여장을 갖추는 의식이다. 고인 스스로 할 수 없는 일이기에 고인의 마음을 헤아리며 행하는 절차인 셈이다.

깨끗한 널 위에 아버지 시신을 옮기고 임종 당시 입고 있던 옷을 조심스럽게 위에서 아래로 하나씩 벗겨낸 뒤 깨끗한 솜으로 시신을 정성스럽게 닦아내고 수의로 갈아입혔다. 어머니는 핏기

하나 없는 아버지의 얼굴에 화장품으로 얼굴 윤곽을 그렸다. 뼈밖에 남지 않은 아버지의 쪼그라든 마지막 모습이 드러났을 때 막냇누이를 시작으로 우리는 또 한 번 참았던 울음을 쏟았다.

고인의 육신 구석구석을 닦아내고 머리카락을 정리하고 손발톱을 깨끗이 다듬고, 고통으로 일그러지거나 삶의 풍파에 닳아 희미해진 얼굴에 화장하는 일은 삶의 흔적과 고통을 위로하는 행위이다. 고인을 떠나보내는 가족과 지인이 고인과 마음을 나누는 소중한 시간이다. 그 과정은 언젠가 만나게 될 미래의 자신의 몸을 미리 대면하는 과정이기도 하다.

마을에서 한 사람이 죽는다는 것은 망자가 앓는 동안 서로 말과 행동을 조심하며 지켜온 침묵의 시간이 끝나고 변화가 찾아온다는 뜻이다. 마을장례를 통해 망자는 죽음에 이르기까지 가늠할 수 없던 고통과 불안의 시간을 끝내고, 자기를 애도하는 가족 친지, 이웃의 위로와 떠들썩한 꽃상여 행렬에 의탁해 홀가분하게 이승생활을 정리한다.

아버지가 돌아가시자 마을사람이 하나둘 얼굴을 보이며 조문과 품앗이를 위해 방문하기 시작하면서 오랫동안 괴괴하던 집에 활기가 돌았다. 어둡고 칙칙한 불안감에 싸여있던 집안 분위기는 아버지의 죽음과 함께 달라지기 시작했다. 무겁게 닫혀있던 안방문이 열리고, 어둡던 부엌도 친지와 동네 아낙네들이 들락거리며 한층 밝아졌다.

풀이 자란 마당에 멍석이 깔리고 천막이 쳐지면서 집 안은 온통 사람들로 북적였고, 동네 아이들도 제철을 만난 듯 지청구를 들으면서도 장례 구경, 사람 구경에 가만히 앉아있질 못했다. 지붕에 기대 세워놓은 오색창연한 만장기와 마당 한켠에 놓인 꽃상여가 아버지의 마지막 가시는 길을 화려하고 떠들썩하게 응원하는 듯 보였다. 아버지가 탄 꽃상여는 만장기를 앞세우고 당신이 생전에 머물던 집안 구석구석에 한 번씩 걸음을 멈추었다가 마을 신작로를 따라 서낭당을 지나 묻힐 곳에 다다랐다.

"어허, 어이 넘자 어허… 북망산이 멀다더니 문전 산이 북망이네. 어허이 어허, 어이 넘자 어허."

요령잡이 하는 작은할아버지와 상여꾼이 함께 부르는 만가를 들으며, 아버지는 다시 못 올 이승에 모든 한숨과 회환을 풀어놓고 혈혈단신 북망산천으로 떠났다.

집안 어른이나 마을 어른이 염습과 장례를 주도했고, 친지와 마을사람이 서로 품앗이를 하며 절차와 의식을 부족함 없이 치렀다. 상조회사나 장례식장이 없어도 마을에서 함께 살던 사람들이 마치 사전에 준비해 역할분담이라도 한 것처럼 서로 나눠 맡고 협력하면서 모든 일이 차질 없이 자연스럽게 진행되었다.

마을이웃과 함께했던 장례는 이별의식 내내 고인의 몸이 가족과 친지 바로 옆에 자리한다. 망자는 이 모든 과정을 함께하면서 이승을 떠날 준비를 제대로 하는 것이다. 그의 마지막 이승생활의 3일은 가족과 친지들이 말없이 자신을 기리고, 서로 얘기하고 울고 웃으며 함께하는 시공간의 기회를 제공하는 소중한 시간이다.

장례는 사람의 인생에서 필연적으로 겪게 마련인 자연스러운 의식의 하나이다. 아이의 성장은 자기 자신과 주변에서 일어나는 사건에 대해 느끼고 생각하고 반응하는 과정이다. 가족이나 친지의 죽음과 장례는 그가 어른으로 성장하는 과정에서 매우 중요한 사회적 경험의 하나이고 마을장례는 아이와 어른이 경험을 공유하는 의식이다. 아이들은 이 과정을 직접 체험하면서 어른들, 형과 누나들, 또래 친구들, 마을이웃이 어떻게 말하고 행동하는지를 보고 배운다. 죽음이라는 사건을 통해 모두의 감성과 인식에 중요한 역사가 새겨지는 것이다.

하지만 현대의 장례는 모두의 참여와 어울림이 배제되어있다. 꼭 필요한 절차에 참여하는 것 외에 아이들은 장례식 전 과정에서 소외되어 조문객의 방문, 조문객과 상주의 소통, 조문객 간의 떠들썩한 모습, 같이 따라온 아이들과의 놀이 같은 경험을 하지 못한다. 우리는 중요한 사회적 경험을 자연스럽게 받아들일 기회를 배제당하는 것은 아닐까.

출생과 결혼의 의식을 기쁘고 자연스럽게 우리 삶의 공간에서 받아들이듯, 장례도 우리 공동체 안에서 자연스럽고 기꺼운 절차로 받아들였으면 한다. 도시에서의 이별이 쉽고 간편한 방법을 통하는 것이 아니라 일상생활과 분리되지 않고 자연스럽게 어우러질 때 존엄한 죽음으로서 의미가 생겨나지 않을까.

어머니를 잃다

이하나

　자정이 조금 넘은 시간에 낯선 번호로 전화가 걸려왔다. 며칠 전부터 비가 내려서 공기가 습했다. 여름이 미적거리며 아직 물러나지 않을 때였다. 굳이 할 필요가 없는 검사를 받으러 병원으로 들어간 어머님은 입원하자마자 MRI검사를 받아야 했다. 암세포가 머리까지 영향을 끼쳤는지 눈동자가 정면을 보지 못하고 옆으로 돌아갔는데 수개월 만에 타국에서 자기 어머니를 보러 온 큰아들이 검사를 받고 조처를 해야 한다고 우겼기 때문이다. 어머님은 이미 3주 동안 우리 집에서 머물며 끼니를 챙겨 먹고 진통제만 투약받고 있었다. 지금 병원으로 가서 검사를 받는다면 바로 중환자실 입원밖에 없다고 나는 화를 냈다. 환자의 보호자로 5년을 지냈지만 며느리인 나의 발언은 별 힘이 없었다.

　비 내리는 창가에 놓은 안락의자에서 어머님은 나에게 아들의 바람대로 병원에 들어가겠다고 말했다. 승용차에 앉아 갈 수 없는 어머님을 병원에 보내기 위해 앰뷸런스를 불렀다. 비가 추적추적 내리는 날이었다. 그렇게 중환자실에서 3일을 보냈다. 미국에서 들어온 큰아들은 중환자실 앞 복도에 자리를 깔았다. 막내아들과 아버님이 번갈아 가며 복도에서 면회시간을 기다리다 똬리를 틀 듯 잠에 들었다.

전화 속 목소리는 몹시 차분했다.
"밖에 보호자가 계신다고 했는데 아무도 연락이 안 돼서 전화 드렸습니다. 환자께서 곧 임종하실 것 같습니다."
남편과 나는 부리나케 옷을 꿰입고 차를 몰아 병원으로 향했다. 노란신호등을 무시하고 달리면서 중환자실 복도 앞에 있겠다고 한 세 사람에게 번갈아가며 전화를 걸었지만 아무도 받지 않았다. 엘리베이터는 수백 층 위에서 내려오는 듯 더뎠다. 중환자실 층에서 내려 복도에 있는 가족들을 찾았는데 그날따라, 모두 중환자실 앞 의자에서 한목숨처럼 잠들어있었다. 세 명의 성인남자 중 누구도 간호사가 보호자를 찾는 소리를 듣지 못했다.
중환자실 호출버튼을 누르자 문이 열렸다. 의료진 한 명이 고개를 숙이고 어머님을 내려다보고 있었다.
"CPR은 동의하지 않아서 하지 않았습니다. 김○○님, 2012년

9월 17일 0시 56분. 임종하셨습니다."

복도에서 잠들었던 세 사람이 뒤늦게 허둥거리며 어머님 앞에 섰다. 두 아들과 아버님이 통곡을 시작했다. 둘째아들은 주저앉아 있는 나에게 정신 차리고 일어나라고 단호하게 말했다. 그는 차분하게 의료진과 사망신고 절차와 장례식장에 대해 문의했다.

그는 이미 누런 서류봉투를 손에 들고 있었다. 아버님은 그 와중에 눈물을 채 닦지도 못한 채 일어나 서류를 들고 있는 둘째아들에게 말했다.

"여기 병원은 안 된다. 여기는 주차비가 비싸서 손님들이 불편해. M병원이 주차가 무료여. 거기로 알아봐."

죽음을 받아들이기도 전에, 미처 다 슬퍼하기도 전에 문상객의 주차비를 걱정하는 고인의 남편. 둘째아들은 여기저기 전화를 걸어 장례식장을 섭외하기 시작했다. 10분도 채 걸리지 않아 근처에 있는 장례식장에서 바로 시신을 운구하러 오겠다고 했다. 경찰처럼 정복을 차려입은 사람이 나타나 아직 온기가 남아 있는 어머님을 들것에 실어갔다. 둘째아들이 엘리베이터를 타러 가다가 간호사에게 물었다.

"수납은 1층에서 하면 되나요?"

중환자실에서 3일을 보내는 동안, 어머님은 이미 기도삽관을 하고 있어 아무 말도 하지 못했다. 면회시간 대기 중에 다른 면회객이 "중환자실 들어가면 결제하는 사람 손에 목숨이 달려있다"라고 하는 말을 들었다. 이렇게 보내고 싶지 않았는데 너무 화가 나서 견딜 수 없었다. 집에서 식사도 잘하고 있었는데 모든 것이 무너진 기분이 든 것은, 내 공이 흔적도 없이 사라졌다는 느낌 때문이다.

거의 5년이었다. 처음 병원에서 간암 진단을 받고 난 다음, 5년간 한 번도 거르지 않고 성실하게 병원진료를 받았다. 병원에서 하자는 것을 의심 없이 그대로 따랐고 처방해준 약도 꾸준히 먹었다. 순차적으로 돌아오는 치료와 시술도 빼놓지 않고 꼬박꼬박 받았다. 그 5년 동안 내 일상의 최우선은 어머님의 병원 진료였다. 아이는 나에게 엄마는 왜 매일 병원만 다니느냐고 시무룩해져 묻기도 했다. 5년이 지나면 중증환자건강보험 특례가 끝난다. 어머님이 돌아가신 건 5년을 거의 다 채운 시점이었다.

나는 집으로 돌아가 옷을 갈아입고 남편의 옷가지를 챙겨 장례식장으로 갔다. 그 사이 사촌들이 모두 뛰어와 장례절차를 의논하고 있었다. 남편이 미리 가입해둔 상조회사에서 장례지도사가 나와 장례절차를 설명하고 있었다.

"임종 시간이 몇 시라고? 12시 넘겼어?"

"어. 1시 좀 안 됐다."

"그럼 의사가 좀 붙들었겠구먼. 삼일장 하라고."

"12시 2분 전에 돌아가시고 이러면 아주 골치 아퍼."

"요즘은 의술이 발달해서 그 정도는 다 붙들 수 있지 뭐."

"모르지 뭐."

"여기는 탈관을 혀 안 혀?"

"우리는 탈관을 혀."

"원래 다 탈관한다고. 우리는 탈관하는 거여."

나는 '탈관'이 뭔지도 몰라 뒤에 멍하니 서 있었다. 나보다 스무 살은 많은 사촌형님이 가장 먼저 달려왔다. 사촌형님이 어디선가 종이와 펜을 얻어왔다. 그러더니 나를 앉혀 놓고 챙겨야 할 것을 알려주었다. 장례식장 담당 직원이 물품 리스트를 가져왔다. 사촌형님은 물품 리스트를 유심히 살폈다.

"쟁반은 다섯 세트만 하고 고무장갑은 두 개만 해. 이거는 빼. 필요 없어. 물티슈 개수 똑바로 세줘야 해. 수육은 비싸 안 돼. 편육으로 해."

가족들은 상복을 고르고 각자 사이즈를 적어넣었다. 형님 옆에서 식사대접에 필요한 것을 듣고 있는 사이 남자들은 모여서 수의와 관, 장지에서 일할 사람을 섭외하고 제사상에 무엇을 올릴지에 대한 의논을 마쳤다. 사촌들과 형제들, 아버님이 모여 앉아 수의와 관, 상복을 골랐다. 탈관을 하는 데도 관은 필요했다.

얼마짜리 수의를 하느냐를 놓고 조심스럽게 의견이 오갔다. 고인
은 온데간데없고 돈을 아껴야 한다는 이야기만 허공을 맴돌았
다. 상조회사에서 접객도우미를 한 명 더 부르겠다고 했다. 장례
지도사가 며느리들을 앉혀 놓고 말했다.

"병원에서 싫어할 수도 있으니 친척이라고 하시죠."

장례를 실질적으로 지휘하고 있던 사촌형님이 상조회사에서
나온 도우미 아주머니와 인사를 나누고 같이 주방으로 휘적휘적
걸어 들어갔다. 음료수가 가득 찬 냉장고 앞에 선 사촌형님이 비
싼 음료수를 죄다 꺼내 안 보이는 수납장에 넣었다.

"동서 이거 다 넣어둬. 이거 다 돈이야. 평생을 그렇게 아끼셨
는데 우리가 장례식장에서 흥청망청 쓸 수는 없잖아?"

나는 사촌형님의 지시에 고분고분 따랐다. 처음 맞닥뜨린 장
례식이었다. 장례식을 하려면 얼마나 드는지 물어볼 엄두도 내지
못했다. 사촌형님이 여기저기를 살피며 물건을 빼서 수납장에 넣
고 감추는 사이 가족들은 번갈아 집으로 돌아가 옷을 챙겨 입
고 나타났다.

흐린 하루가 시작되었다.

집으로 돌아가 아이들을 깨워 차에 태웠다. 일단 장례식장에
아이들을 내려놓고 근처 백화점의 중저가 캐주얼브랜드 매장에

갔다. 검은 바지 세 벌과 검은 티셔츠 세 벌, 검은 조끼 세 벌을 사고 여자들이 입을 내의를 사 커다란 쇼핑백에 잔뜩 쑤셔 넣었다. 장례식장에 가서 쇼핑백에 넣은 옷을 가지고 가족들에게 풀었다. 날씨가 적잖이 추워지기 시작해서 내의를 사길 잘 했다며 살뜰히 챙겨주니 고맙다고 칭찬했다.

사촌형님과 차를 몰고 근처 마트에 가서 필요한 물건을 더 사왔다. 장례식장에서 제공하는 물품은 모두 돈을 주고 사야 하는 것이라 일반 마트에서 사는 것보다 훨씬 비쌌다. 커피믹스와 종이컵, 인스턴트 컵라면을 잔뜩 사서 차에 실었다. 미리 앞당겨서 했던 칠순잔치의 어머님 사진을 갖고 대형마트에 있는 사진현상소에 들러 영정사진을 만들어 달라 했다.

장례식의 시작과 끝은 '거래와 소비'였다. 계산서와 계약서가 오고가고 마트를 드나들어야 했다. 각자의 집에서 준비할 수 있는 건 아무것도 없었다. 상조회사와 거래처 은행에서 일회용품을 몇 박스나 보내주었다.

둘째 날, 해가 뜨자 비에 젖었던 유리창이 조금씩 말라가며 조문객이 밀려오기 시작했다. 첫날 오후에 다른 가족과 나의 아버지도 미국에서 날아왔다. 문상객이 끊임없이 들어섰고 어머님이 낳아 기른 아들의 지인과 거래처의 화환이 속속 도착했다. 트럭들이 화환을 토해내고 돌아가곤 했다. 복도는 온통 조화로 가득

해 더 이상 놓을 곳이 없었다. 첫째 날과 둘째 날 나는 아무렇지도 않게 육개장을 먹었다.

친척들은 빠짐없이 어머님의 영정 앞에서 눈물을 흘리고 통곡을 했다. 그들이 말했다.

"자네 어머님이 생전에 우리한테 해주신 거 생각하면 이건 새발의 피밖에 안 되네. 자네 얘기 많이 들었네. 고생 많이 했네. 어머님이 좋은 데 가셨을 것이네."

내가 모르는 어머님의 지인과 멀고 먼 친척들이 내 손을 잡았다. 사람들은 모여서 어머님과의 추억을 한 자락씩 꺼내놓았다. 들으면 뭉클한 이야기들이 가득했다. 언제 나의 어머님이 그들에게 친절을 베풀었는지, 마음이 외로울 때 위로가 되었는지, 오갈곳 없던 마음을 어머님께 어떻게 던져두었는지, 낯선 서울 땅에서 어머님이 차려준 밥을 먹고 어떻게 기운을 냈는지, 가족과 싸우고 전화할 때마다 뭐라고 힘을 주었는지를 이야기했다. 어머님 삶의 모든 이야기가 장례식장에서 펼쳐졌다. 고인에 대한 이야기들이 너울너울 춤을 추듯 꽃을 피웠다.

정오가 지났다. 상주와 가족은 입관실로 모이라 했다. 우리는 입관실 안에 들어가지 않고 유리창을 통해 염습하는 모습을 지켜보았다. 작디작은 어머님의 얼굴에 곱게 화장을 했다. 수의를 입힌 후 얼굴을 덮고 상주가 들어가 어머님을 관 속에 넣었다. 나는 의자에서 한 발자국도 일어날 수 없었다. 평소 앓던 다리가 마비되었다. 통곡소리가 귓전을 울렸다.

어머님을 관 안에 넣고 사촌형님들이 병원 응급실에서 휠체어를 가져왔다. 나는 휠체어로 옮겨졌고 곧 응급실에 누워 링거주사를 맞았다. 다리가 움직이지 않아 물리치료사가 어디를 다쳤냐고 물었다. 링거를 맞고 몇 시간을 쉰 다음 겨우 장례식장으로 갈 수 있었다. 어머님의 손자들은 어렸다. 아이들을 장례식장에서 재우기엔 어른들이 너무 많았다. 아이들 때문에 막내동서와 번갈아 가며 집으로 갔다. 아이들을 재우고 다시 이른 아침에 다시 장례식장으로 왔다. 사촌들도 출퇴근하듯 오가면서 장례식장을 지켰다.

발인하는 날 아침 하늘은 흐렸고 공기는 적당히 촉촉했다. 검고 커다란 영구차가 장례식장 주차장에 들어섰다. 은색 승용차 두 대와 시신을 실은 리무진과 가족이 탈 버스가 기다리고 있었다.

아침 7시. 내가 처음으로 맞는 온전한 장례식의 마지막 날이었다. 가족의 장례식은 처음이었다. 장지는 충남 당진의 어느 마을이었다. 오래 전 시부모님과 큰 시부모님 내외가 마련해둔 곳이다. 버스와 승용차, 운구차로 나눠 타고 장지로 향했다. 어머님

아들들의 승용차들은 유난히 빛나 보였다.

저런 물질적인 것도, 장례를 지켜보는 타인과 가시는 분께 위로가 될까. 복도를 가득 채운 화환과 많은 조문객을 보면서 한두 마디씩 촌평을 하는 걸 들었다. 조문객들은 화환에 적힌 글자 몇 개만으로도 그 회사의 연매출을 가늠하고 사업규모를 추정하는 능력이 있었다.

장지로 가는 길에 바닷가가 보이는 휴게소가 있었다. 햇볕이 따스하게 내리쬐었고 가족은 더 이상 울지 않았다. 휴게소에서 상복을 입은 채로 커피를 사 마셨다. 모두들 화장실에 다녀왔고 다시 버스에 올랐다. 고속도로를 벗어나자 드문드문 황금빛 들판이 보였다. 차를 돌릴 수 없는 길 끝에 다다르자 가족은 버스에서 모두 내렸다. 나는 잘 걷지 못해 차를 타고 장지로 올라갔다.

맏손자가 영정을 들었고 첫 손주였던 딸아이는 분에 차 있었다. 딸아이는 자기가 집안의 첫 손주인데 왜 영정을 못 들게 하느냐고 항의했다. 나는 충분히 네 마음을 알고 있으니 여기서는 그만하자고 딸아이를 달랬다. 아이는 입을 잔뜩 내밀고 장례식 내내 아무 말도 하지 않았다.

매장할 곳은 앞면이 툭 터져 전망이 좋았다. 논과 들판이 내려다보였고 가릴 곳이 없었다. 작은 포클레인이 묏자리를 파고 있었다. 작업하는 이들이 먼 친척뻘 된다 했다. 그들은 흙이 아주 좋다며 활짝 웃었다. 촉촉하게 물기가 배어있어 먼지도 날리지 않는 게 명당이 틀림없다고 호기롭게 말했다. 아버님은 흡족한 표정이었다가 금세 울상이 되었다가 다시 웃곤 했다.

일꾼들이 땅을 다 판 뒤 둘째아들의 친구들이 무명천으로 만든 띠를 어깨로 버티며 바닥에 관을 내렸다. 검은 양복을 입은 다른 남자들이 어머님을 관에서 들어올렸다. 작디작은 어머님이 흰 끈 세 개에 매달려 천천히 구덩이로 내려졌다. 어머님은 머지 않아 흔적도 없이 사라질 게다. 시신이 내려지는 순간 곡소리가 나기 시작했다. 전통 장례법에서는 이때 곡을 하지 않는다지만 터지는 울음을 누가 말릴 수 있을까.

아들과 며느리, 손자들이 돌아가며 삽으로 흙을 떠서 시신 위에 뿌렸다. 누군가 시신 위로 뛰어들까 겁이 났다. 시신은 곧 흙에 덮여 보이지 않았다. 포클레인이 흙을 퍼 구덩이를 메웠다. 남자들이 발로 밟으며 땅을 다졌다.

장례지도사가 나뭇가지를 모아 불을 놓았다. 비닐파일에 촘촘히 모아둔 어머님의 진료기록, 예약증이 붙은 영수증, 처방전, 미처 다 먹지도 못한 아미노산제, 남은 진통제를 집에서 모두 챙겨왔다. 내가 가진 모든 병원의 흔적을 불길 속에 던져 넣었다. 영상기록이 담긴 시디는 부술 수 있을 만큼 부숴 던졌다. 마지막으로 장례지도사가 시신을 잠시 담고 있었던 관을 불 위에 얹었다.

"이제 안 아프셔도 돼요."

내가 소리쳤다. 봉분이 솟아오르자 아버님이 이제 가자고 했
다. 가는 날이 좋아 마지막까지 복 받은 분이라고 누군가 말했
다. 나는 그저 모든 것이 끝났다는 생각만 했다. 이제 매주 어머
님을 모시고 병원에 갈 일도 없고, 어딘가를 가다가 전화를 받고
유턴할 일도 없을 것이다. 비싼 영양제를 살 일도 없고, 의료계에
있는 친구들에게 전화할 일도 없고, 간암에 대한 의대 전공서적
을 뒤질 일도 없다. 모든 것이 끝났다. 더 이상 예약증을 받고 사
전주차등록을 하지 않아도 될 것이다. 어머님의 환자카드도 버릴
것이고 이젠 주민번호를 잊어도 좋았다.

장례가 끝나고 집으로 돌아와 방명록과 조의금 봉투를 정리했
다. 남은 돈은 모두 아버님에게 드렸다. 정리한 봉투와 방명록을
대조하는 일은 아버님에게 맡겼다. 장례식 둘째 날에 남편 회사
의 세무사가 찾아와 문상을 했다. 나를 앉혀 놓더니 이상하게 세
금이 많이 나왔다며 지난 5년간의 영수증을 찾아서 정리해 달
라고 말했다. 가족과 헤어져 집에 오자마자 나는 서재 벽장에 넣
어둔 박스를 꺼내 영수증을 분류하고 인터넷에 들어가 영수증을

출력하며 밤을 지새웠다. 불쑥불쑥 미처 태우지 못한 병원의 진료기록과 영수증이 튀어나왔다. 어머님은 아직 떠나지 않았다.

5년간의 투병생활과 그 끝인 장례는 돈과 슬픔이 단단하게 엮여 있었다. 애도를 끊어내고 슬픔을 잘라먹는 계산서와 영수증이 있었다. 남은 사람이 슬픔에 몸을 가누지 못해 쓰러질 겨를도 없이 어디선가 영수증과 계산서가 계속 날아왔다.

어머님의 죽음은 그때까지 내가 접한 죽음 중에 유일하게 병사였다. 병을 고쳐보겠다던 욕심이 허망하고 미련하게 느껴졌다. 몸에 좋다는 온갖 것을 다 해보다 결국은 통증을 최소한으로 줄이는데 주력했다. '어차피 이렇게 가실 줄 알았다면 그 좋아하던 생선회나 실컷 드시게 할 걸, 왜 끝까지 못 드시게 괴롭혔나. 가장 원초적이고 본능적인 기쁨을 왜 누리지 못하게 막았나.'

우리 아이는 할머니가 왜 이제 안 오느냐고 자주 물었다. 나는 할머니가 하늘의 별이 되었다고 대답했다. 그래서 할머니가 보고 싶으면 하늘의 별을 보라고 말했다. 하지만 내 답은 힘이 없었다.

"회 한 접시 먹으면 안 되겠지?"

생전 먹을 것 욕심 부리지 않던 어머님이 딱 한 번 그리 물었다. 생야채도 안 된다는 간암환자라 아버님과 아들들이 알면 난리가 날까 두려웠다. '그때 몰래 모시고 나가 회나 실컷 먹고 올

걸. 그까짓 게 뭐라고.' 그랬다 한들 아무도 뭐라 하지 않았을지도 모른다. 고작 회 한 접시인데. 그게 뭐 그리 대수였을까. 5년간의 병원수발은 어머님을 위한 것이었을까 나 자신을 위한 것이었을까. 긴 강을 앞에 두고 끝까지 손을 놓지 않았다고 말하고 싶었다. 어머님은 단 한 번도 자신의 고통을 구체적으로 표현한 적 없다. 어머님이 하고 싶었던 건 무엇이었을까. 끝내 그걸 묻지 못했다. 나는 무엇을 바라며 어머님을 지켜봤을까. 결국은 병원에서 잃을 거면서.

곡비哭婢가 되어

슬픔이
슬픔에게

어느 순간 멈추어버리고 만 시간이 있습니다. 시계는 고장 나도 고쳐 쓸 수 있지만, 멈춘 시간은 되돌릴 수 없습니다. 누군가에게 그 시간은 살아서 지옥을 만나는 순간입니다. 생이 지옥인 삶 앞에서 희망을 꺼내기도 민망합니다. 아우구스티누스의 농담처럼 하느님은 천지창조를 하기 전에 지옥부터 만들고 있었을까요.

세월호의 꽃다운 아이들, 아름다운 소녀에서 시간이 멈춰버린 할머니들, 한국전쟁 때 아무 이유도 없이 학살당해 구천을 떠도는 원혼들, 국가폭력에 스러져간 노동자 농민들, 평생을 가난과 불평등에 시달리다 홀로 죽음을 맞이하는 가난한 이웃들…. 채 100년을 거슬러 올라가지 않아도 수를 셀 수 없을 만큼 많은 안타까운 죽음을 만납니다.

그곳에 있고 싶었습니다. 통곡하는 이들 곁에서 함께 아파하고 고통을 나누길 바랐습니다. 쉽게 위로가 되지 못하겠지만 시간의 유한함을 핑계 삼을 수는 없습니다. 남아있는 이들이 무겁게 짊어졌다가 조금씩 가벼워지는 삶을 살아낼 일입니다. 그러니 그 순간 곁을 지켜줄 이 하나 없이, 이별 의식도 없이 그냥 이 세상 떠나게 할 수 없습니다.

살아서 지옥문을 여는 이들을 위해 곡을 하는 마음이, 가장 보잘 것 없고 초라한 이의 죽음을 슬퍼하며 애도하는 일이 공동체를 만들어가는 일이라 생각합니다. 이웃의 죽음을 나의 것으로 삼을 때 공동체가 아름답게 꽃필 수 있겠죠. 그 수고로움을 저버리지 않을 때 우리의 삶은 조금 더 풍부해진다 믿습니다.

그들을 애도하는 일은 살아있는 우리를 위한 위로입니다. 존엄한 죽음을 받아들이며 오늘을 사는 지혜를 깨우치고 싶어 하는, 죽음을 업으로 삼고 살아가는 우리의 몫이라 생각합니다. 전쟁과 주림, 슬픔과 괴로움이 없어지라고, 한겨울 성에가 끼고 얼어 버린 종 줄을 맨손으로 잡고 당겼던 하느님의 종지기 권정생 동화작가의 마음을 따라가 보고 싶습니다.

미안합니다. 그리고 죄송합니다.

추모식장의 맨발들

우은주

박 어르신은 길가에 면해있는 건물 앞 의자에 앉아있었다. 칠순을 넘긴 그는 나이에 비해 훨씬 더 늙어 보였다. 몇 번의 수술 끝에 그는 완전히 삶의 기력을 잃었다. 호기로웠던 시절에 썼던 선글라스는 이제 시간을 감추기 위한 물건이 되었다. 지팡이를 짚은 손과 무릎에 올려둔 손에 찬바람이 돌았다. 곱은 줄도 모르고 그는 미동도 하지 않은 채 서울시 종로구 '돈의동사랑의 쉼터' 건물 앞에 앉아있다. 악취가 흐르는 좁은 골목길, 악다구니와 고함소리가 사라지는 저녁의 풍경을 가만히 응시하고 있다. 30년도 넘게 그가 보아왔던 익숙한 장면이다.

건물 지하에서는 얼마 전에 죽은 동네 사람의 추모식이 진행 중이다. 휘청거리는 취객 몇이 골목길을 돌아 천천히 사라졌다. 박 어르신의 시선이 그들의 뒤를 무심하게 좇는다. 왁자한 목소리들이 불쑥 추모식장 앞에 나타났다. 박 어르신과 그들이 아는 체를 하는 동안 한 사내에게 유독 시선이 머물렀다. 때 절은 남루한 소매 끝, 구겨 신은 신발 아래 드러난 맨발을 몰래 훔쳐보다가 그와 눈이 마주쳤다. 눈빛은 아무것도 고인 것 없이 텅 비었다.

삶의 의욕이 있는 사람은 표정을 갖고 있다. 욕망이든 분노든 원망이든. 어떤 표정이라도 기대하며 미소를 지어보았지만 그가 고개를 획 돌렸다. 계단을 천천히 내려가는 동안 구겨 신은 신발이 몇 번이나 벗겨지고 가드레일을 잡는 팔뚝에 힘줄이 돋았다. 구겨진 신발을 고쳐 신다가 그는 바람 든 무마냥 무릎이 엉성하게 꺾이고 말았다. 그가 손을 짚어 힘들게 몸을 일으키며 한숨을 내쉰다. 짧은 순간 눈가에서 반짝이는 빛을 발견했다. 눈가 가득 그렁그렁 눈물이 고여있었다. 그제야 나는 어떤 것을 얻은 사람마냥 안도할 수 있었다.

일면식도 없는 이를 위한 추모 사업을 진행할 때 나는 이 부분이 어색하고 애매했다. 울어야 할 순간 눈물이 나지 않는 일이 종종 생겼다. 아무런 의심 없이 입력된 대로의 생각에 사로잡혀 살아온 탓일까. 죽은 이를 떠나보낼 때는 어떤 의식 같은 것이 있어야 한다는 생각. 슬퍼하고 통곡하는 것, 인간으로서 한 톨이나마 자비심이 있다면 죽은 이를 위해 울어야 한다는 생각 말이다. 언제부터 누군가의 죽음을 맞을 때는 엄숙해야 하고 죽음은 온통 두려운 일이라는 생각을 갖게 되었을까.

어렸을 적 동네에 '형삼'이라는 아저씨가 살았다. 시멘트 신작로가 시작되던 길 초입에 그의 집이 있었다. 아이들은 가급적 그 집 앞을 피해 먼 코스를 돌아다녔다. 어쩌다 문이 닫힌 것을 확인한 아이들이 그곳을 지날 때면 어김없이 그가 문을 활짝 열고 괴성을 질렀다. 소스라치게 놀라 도망가는 아이들의 모습을 보며 그는 크게 웃었다.

괴팍스런 그의 행동을 이해하게 된 것은 어른이 다 되어서다. 서울로 유학을 왔고 자취를 하게 되면서 작은 방에 살게 되었다. 책과 옷, 컴퓨터뿐인 살림살이와 가난하고 궁핍한 일상을 유지하는 것은 어려웠지만 그보다 더 힘든 것은 외로운 마음이었다. 형삼 아저씨를 자주 떠올린 것은 아마도 그 무렵이지 않았을까.

문지방을 잡고 있는 형삼 아저씨의 손가락은 단 두 개뿐이었다. 그는 여덟 손가락을 잃고 두 개의 손가락만으로 열 개의 손가락을 가진 이보다 더 많은 일을 하며 살았다. 어쩌다 그렇게 되었는지 아는 이는 없었다. 동네잔치가 있을 때마다 두 개 남은 손가락으로 닭의 목을 비틀었고 날카로운 비수로 소의 숨통을 단박에 끊어 놓았다. 여름이 되면 그는 개 잡는 장소마다 나타나

쇠몽둥이로 개의 머리통을 내리쳤다. 설설 끓는 가마솥 뚜껑을 열고 흑염소의 몸체를 단번에 뒤집을 때면 그는 동네 누구보다 힘 좋은 사내였다. 강인해 보였고 삶의 의욕이 넘쳤다. 그의 손은 짐승들에게 사자使者의 갈고리 같은 것이었다.

모두가 마다하며 꺼리던 일을 하고 그가 가져간 것은 고작 소의 내장과 적은 양의 살코기였다. 닭뼈까지 오도독 씹어 삼키는 그의 먹성에 사람들은 혀를 내두르고는 했다. 어린아이였던 나는 그때부터 죽음에 대한 두려움과 혐오를 가졌다. 그것은 '아무렇지도 않은 죽음'을 불러오는 무자비한 절대자에 대한 반감일 수도 있다. '내가 죽으면 누가 날 거둬주나.' 마을 잔치가 끝나고 집으로 돌아가며 그는 중얼거렸다. 형삼 아저씨가 두려웠던 것은 자신이 죽는 일도 동물을 죽이는 일도 아니었다. 장례도 못 치른 채 이승을 떠나는 것, 그것이 두려웠을 뿐이다.

제단 위에 향이 피어오르고 추모식이 진행되었다. 사내는 한쪽 구석에 엉거주춤 서 있었다. 초대받지 못한 사람처럼 어색하게 주위를 둘러보았다. 언젠가 자신의 일이 되어버릴 것 같은 두려움에 가득 찬 시선. 그는 맨발로 돗자리 위에 올라섰다. 아는 이가 떠났으니 응당 조문을 왔을 테지만 죽은 이를 추모하는 일은 그에게 무척 낯선 일이었다.

죽음은 이미 돈의동 103번지에서는 빈번한 일이었다. 자다가 돌연 심정지로 죽는 이들, 병을 치료하러 갔다가 병원에서 끝내 돌아오지 못하고 아무런 소식도 없이 화장터로 떠난 이들. 죽을 날을 받아놨지만 그래도 살던 곳에 돌아와 생을 마감하고 싶다는 이들. 하루를 견디면 다시 견뎌야 하는 다음 하루가 찾아오는 동네에서 그들은 짧게는 10년 길게는 3, 40년을 살다 간다.

그가 조문을 하려고 신발을 벗었을 때 푸르스름한 맨발이 드러났다. 한겨울의 매서운 바람에 시달려 트고 아물다 거칠어진 살갗. 엎드려 절을 할 때 갈라진 뒤꿈치 끝에서 말라붙은 핏자국을 발견했다. 균열은 위태로운 그의 삶을 집어삼킨 후였다. 갈라진 틈마다 차디찬 한기가 가득 들어차 있는 것 같았다. 그에게 가난은 완충제 없는 곳에 낙하하는 물체 같은 것일지도 모른다. 사회로부터 배제된 이들이 숨어드는 지상의 마지막 거처, 쪽방. "그래도 몸 뉠 곳이라도 있으니 얼마나 다행이야." 언젠가 그곳에 사는 이가 했던 말이 떠올랐다. 그것은 단지 공허한 자기 위안 같은 것임을, 이미 형삼 아저씨가 알려주었다.

돈의동사람의쉼터 6평 지하교육관에서 시작된 조촐한 추모식은 정오가 되어서야 끝났다. 제단 위 세 명의 이름이 적힌 위패가 비로소 접혔다. 생전 일면식도 없는 낯선 이들이 찾아와 애도하고 망자亡子가 떠나는 것을 지켜보았다. 지체 장애가 있는 서른 남짓의 앵벌이 여인과 이곳에서 단 3일을 살았던 이와 몇 십 년을 그곳에서 살다 간 이들이다. 제단 위에 나란히 놓였던 세 개의 위패는 살아서 가난과 불평등, 병마에 시달리다 죽어서 장례조차 치르지 못하고 떠나는 이들의 이름이었다. 가난은 죽음조차 외면한다.

돈의동 103번지에 처음 갔던 날은 7월의 어느 무더운 날이었다. 그곳은 지하철 5호선 종로3가역 5번 출구에서 탑골공원 방향으로 걷다보면 나오는 모텔촌 근처에 자리 잡고 있었다. 예전 파고다 극장이 있던 자리에는 마트가 들어섰다. 노점에는 대낮부터 잔술을 마시는 이들을 쉽게 볼 수 있다. 모텔 골목을 따라 들어가면 창문과 창문이 이마를 마주한 주택들이 나온다. 오래 된 한옥을 개조한 주택들이다.

냄새 나는 골목길을 지나는 것도 낯설었고 좁고 가파른 계단을 오르는 것도 어색했다. 문을 열고 들어선 쪽방 안은 섭씨 40도를 웃도는 한 평 남짓한 공간이었다. 꽉 찬 열기로 숨 쉬기가 곤란한 지경이었지만 내색할 수 없었다. 그것은 몇 십 년 그곳에서 둥지를 틀고 살아온 이를 위한 최소한의 예의였다.

방마다 번호가 매겨진 작은 공간이 다닥다닥 붙어있는 곳. 이름 대신 일련번호가 매겨진 방마다 주민들이 산다. 죽어서도 '몇

호'로 불리는 삶을 살다 떠나는 이들은 이름을 잃고 지워진 존재로 살다 간다. 하지만 이곳에 들어오면 좀체 떠나기 어렵다고 한다. 이유를 물었을 때 의외의 답을 들었다. 돈이 없어서가 아니라 외로워서. 그곳을 떠날 수 없는 이유는 절망적이다. 그들이 죽을 때까지 싸워야 하는 것은 가난이 아니라 외로움이었다.

죽기 위해 사는 삶은 없다. 대장암 4기인 초로의 방주인은 살기 위해 술을 끊었고 대신 자전거를 타고 가끔 영화를 보러 간다고 했다. 매달 수급비를 받아 빠듯하게 살지만 그래도 살아있는 것이 축복이라며 묻지도 않은 말을 중얼거렸다.

구술 인터뷰가 진행되는 동안 그는 지저분한 방안의 물건을 치웠다. 어쩌면 처음이자 마지막일지 모를 낯선 방문객에게 좋은 인상을 남겨주고 싶었을 것이다. 부산했던 그의 손놀림이 잦아들었다.

골목길은 늘 어둡고 고요했다. 큰 싸움이 벌어져도 웬만해서는 문을 열어보지 않는 골목길은 어두운 강처럼 교교하기만 하다. 외로움과 외로움이 격자무늬처럼 만나는 곳으로, 물속에 잠긴 도시처럼 소리가 잠식된 골목길을 따라 고단한 하루를 보낸 이들이 그 강을 건너 돌아온다. 더러 만 원짜리 잠자리를 찾는 뜨내기들도 그 강을 건넜다. 그곳에서는 얇은 베니어합판 너머 타인의 숨소리를 들으며 잠들고 달그락거리는 소리에 눈을 뜬다. 옆방의 누군가가 아파서 병원을 오가는 일이 생기면 제 일처럼 돌보는 이도 생긴다. 세상은 셀 수 없이 많은 의미로 가득 차 있지만 그들에게 삶을 지속하는 것은 삶을 끝내기 위한 일 같아 보였다. 이렇게 살다 가는 삶, 이번 생은 '폭망'이라고 말하면서도 일세를 내고 자러 온 뜨내기를 안쓰럽게 여기는 인정이 살아있다. 자신보다 더 힘든 삶을 돌아보는 것은 그렇게 살아본 사람만이 할 수 있는 선의일 것이다.

박 어르신이 건물 앞에 놓아둔 의자에서 일어섰다. 추위라면 이골이 났을 텐데 한겨울 정오의 한기는 참기 힘들다. 40대 초반 이곳에 들어와 칠순을 넘겼으니 꼬박 30년을 이곳에서 살았다. 노동을 마다한 적도, 게으름을 피운 적도 없는데 그의 삶은 한 번도 시원하게 풀린 적이 없었다. 배움이 짧은 탓인가 생각도 해봤고 자신의 처지를 한탄도 해봤지만 나아지는 건 없었다. 사는 동안 그에게 일어난 일은 늘 가난과 병과 외로움뿐이었다.

가난이 그림자처럼 붙어 다니면서 그의 몸은 노동조차 할 수 없을 정도로 망가졌다. 여간 아파서는 병원에 가지 않는다. 하지만 죽을 만큼 아파 운신조차 어려웠던 몇 년 전 그도 병원을 찾았다. 그때 그는 자신의 몸을 덮은 암덩어리를 보았다. 지금도 여전히 치료를 하고 있지만 제대로 된 진료를 받을 기회도 없고 몸에 좋은 먹을거리를 마음껏 먹어볼 수도 없었다. 욕심을 버리자 덜 힘들어졌다. 한 번씩 다음 계절을 맞이할 수 있을까, 매번 한 계절이 오갈 때마다 안도하고 다음 계절이 오지 않을까 두려워하며 일상처럼 죽음을 느낀다.

그는 새로운 일을 해볼 수도 없고 누군가에게 의지해서 살 수 있는 처지도 아니다.

"수급비에 의지해 살다가, 이렇게 잘 살다가, 가면 이제 그만인 인생이지. 자식이 있는 것도 아니고 가족이 있는 것도 아니니까. 내가 왔다 갔는지 모르면 모르는 대로, 알면 아는 대로 잊히면 잊히는 대로. 언젠가 저 자리에 내가 올라갈 테지."

그가 제단 위의 위패를 가리켰다.

망자의 위패가 떠나자 그도 추모식장을 떠났다. 문 앞에 놓인 과자를 집으며 눈치를 보던 맨발의 사내도 박 어르신을 따라 계단을 올랐다.

가난한 이들의 죽음은 벼랑 끝에 섰던 삶의 마지막이다. 그들의 삶 속에도 기쁨, 환희, 성취, 고마움, 용기, 행복이라는 단어가 있었을 것이다. 산다는 것은 어딘가 보물처럼 숨겨진 행복을 찾는 일이다. 누구도 이 말을 특별히 단정적으로 말하지 않지만 살 만한 다른 이유는 없다. 지금 하는 일에서, 앞으로 하고 싶은 일에서 행복의 의미를 찾는 것, 어떻게 죽을 것인가에 대한 천착은 살아있는 동안의 내가 어떻게 살아갈 것인가에 답하는 과정이 아닐까.

누구도 삶과 죽음을 단정 짓기 어렵다. 나는 한 번도 그런 이를 만나본 적이 없다. 건강하고 편한 삶을 누리는 사람일수록 죽음을 떠올리는 일에 무심하다. 자신의 삶과 동떨어진 세계라고 생각하기에 가능한 일이다. 어느 날 홀연 이곳에서의 삶을 접고 쉽게 떠나고 싶다고 말할 수 있지만 당장 그런 상황이 오면 장담할 수 없다.

아플수록 외로움의 값은 커지고 죽음에 대한 공포는 더 크게 드리워진다. 육신의 고통을 능가하는 정신을 갖는 것은 어렵다. 아무리 외로움에 단련된 사람이라도 병석에 누워있으면 마음이 약해진다. 고작 호된 감기 한 번에도 바짝 마음을 졸이는데. 두고 가야 할 것이 많은 사람일수록, 뭔가를 더 많이 이뤄야겠다는 목표로 넘치는 사람일수록 더 그렇지 않겠는가.

비우고 덜어내는 삶은 어쩌면 사는 동안 우리가 도달하고 싶은 일상일지도 모르겠다. 나는 오늘도 경험해보지 않은, 죽음의 저편을 향해 조금씩 걷고 있다.

어머니, 이 세상에 다시 오지 마세요

신명철

"아이고 어머님, 이제 이 세상 엉켜 붙은 아픈 팔, 다리 다 펴 놓고 좋은 데로 가세요."

구순의 할머니는 앙상한 손을 모으고 절을 했다. 하얀 블라우스를 받쳐 입은 백발의 할머니는 백발의 손자가 이끄는 손에 의지해 간신히 술잔을 올렸다. 그 작은 동작에도 할머니는 기력을 다 쏟은 듯 몸은 휘청거렸지만 두 번의 절로 67년만의 인사를 마치는 게 아쉬워 보였다. 그럴 수만 있다면 하루 종일 시어머니 앞에서 생전에 못 다한 이야기를 풀어놓고 싶은 듯했다.

그때 며느리는 어찌 살아남을 수 있었을까. 시어머니는 며느리를 살리려 제 발로 따라나섰을까. 할머니의 절은 깊고 깊었다. 슬픔은 웅크린 몸을 뒤덮은 채 부유했다. 뼈만 남은 등허리가 서러워 눈을 감았다. 그저 뒷줄에 서 자리를 지키는 것조차 벅찼다.

"이렇게 해준 양반들 말도 못하게 고맙습니다. 뭐라고 할 수가 없이 고마워요. 이런 세상 또다시 오지 않도록 수고하시고 고맙습니다."

할머니 목소리를 알아들은 이 몇이 될까. 구순 할머니의 바람대로 이런 세상은 다시 오지 않을까. 문재인 대통령의 화환이 이곳에 모인 유족의 마음을 다독여주어도, 세월의 주름살을 덮기에는 옹색했다.

구름도 바람도 없는 날, 5월의 하늘은 푸르고 맑았다. 아산공설봉안당 2층에 플래카드가 걸리고, 제사상이 차려졌다. 제사상 뒤로는 72개의 플라스틱 박스가 쌓여있었다. 박스에는 한 달여, 부위별로 나누어 정밀감식을 마친 유해가 담겨있었다. 72개 박스 어딘가에 구순 할머니의 시어머니도 있을 테다.

"저희들은 꽃샘추위가 한창이던 2월 20일부터 약 40일 동안 배방읍 중리 산 86-11번지에서 유해발굴 작업을 진행했습니다. …200여 분의 유해를 발굴했는데, 저희들은 이분들의 이름을 모릅니다. 직업도 모르고. 어디서 어떤 일을 하다가 그렇게 희생됐는지조차 모릅니다."

안치식은 무겁게 진행됐다. 사회자의 목소리에 물기가 한가득 차올랐다. 유해는 세종시 '한국전쟁민간인희생자 추모관'에 모시기로 했다.

"두 살배기 아이 유골이 엄마 등에 업힌 채로 드러났습니다. 어린아이의 유해가 불에 그슬려있었습니다. …옥비녀, 은비녀와 함께 아이를 부여잡은 부녀자의 유해가 무더기로 발굴됐습니다. 어린아이거나 부녀자이거나, 노인들이었습니다."

불교, 천주교, 기독교 종교 예식이 이어졌다. 단 한 번만이라도 아버지를 불러보고 싶은 게 마지막 소원이라던 한국전쟁유족회 장은 추도사 한 문장을 채 읽지도 못하고 울음을 터트렸다. 1951년 7월 어머니가 삶던 국수를 "잠시 다녀와서 먹겠다"며 읍사무소를 향한 아버지는 다시 돌아오지 못했다. 그는 유복자였다.

"가슴이 답답하고 먹먹했습니다. 무엇이 진실이고 무엇이 정의인지 저는 잘 모르겠습니다. …유족께서 아버님을 부르면서 슬피 우셨을 때 저희가 정말 죄송했습니다. 찾아드렸어야 하는데…."

수십 년 유해발굴을 한 노 교수도 울먹이며 추도사를 잇지 못했다. 할아버지, 할머니, 외숙모, 삼촌, 아이까지 일가족 아홉 명을 잃은 유족은 40일 동안 유해발굴에 함께했는데, 결국 아버지를 찾지는 못했다. 그래도 동네 이웃이었을 200여 분들이 밝은 빛을 볼 수 있어서 기뻤다고. 가족이 없는 제사상에 술을 올리며 기어코 눈물을 터트리고 말았다.

안치식을 마친 후 참석한 이들이 일렬로 줄을 섰다. 플라스틱 박스를 들고 차례대로 계단을 내려갔다. 주차장에는 리무진 다섯 대가 도열해있었다.

72개 박스에 담긴 유해를 세종시로 이동시킬 수단이 문제였다. 협박과 총구에 떠밀려 트럭에 올라 사지로 끌려갔던 이들을 다시 트럭에 실어 보내고 싶지 않았다. 꽃상여에 태워 보내지는 못할망정 다시 트럭에 실어 짐짝처럼 보낼 수는 없는 일이었다.

유해발굴을 총괄한 이의 고민을 들은 한겨레두레협동조합에서 리무진을 제공했다. 최소한의 도리를 하고 싶다고 했다. GMC 트럭에 짐짝처럼 실려 방앗간에 내던져진 이들은 살아서 구덩이를 향했고, 죽어서 리무진에 실렸다. 죽음은 느닷없고, 학살의 시간은 질기고 길었다. 67년이라는 시간은 증오의 크기를 증명하기에 충분했다.

리무진은 배방읍 중3리 마을 어귀에 섰다. 유족들은 길바닥에 엎드려 보이지 않는 산을 향해 절을 했다. 아스팔트로 덮여 아무 느낌도 없는 산 아래 마을 입구에서 짧은 노제를 지내고 길을 떠났다. 리무진 다섯 대가 앞서고 그 뒤를 따르는 차들이 줄지어 국도를 달렸다.

아산에서 세종시로 가는 길은 외지고, 한가했다. 평소 차가 다니지 않는 길을 택해서인지 낮은 숲으로 이어진 길은 안온하고 평화로웠다. 그날의 햇살도 선한 빛을 띠고 있었을까. 이래도 될까 싶게 평온한 봄날의 하오, 리무진은 푹신했다. 열다섯 개의 플라스틱 박스가 실려있는 리무진은 굴곡도 없이 앞을 향했지만, 차마 등을 기대어 앉을 수 없었다. 영결하지 못하는 영결의 의식 이지만 리무진으로 떠나는 길이 그나마 위로가 되었을까.

2월의 새벽바람은 날이 서 있었다. 앙칼지게 맨살을 휘감더니, 맥없이 스러졌다. 서울역을 떠난 KTX는 삼십분 남짓 지나 천안 아산역에 도착했다. 첫 기차를 타고서야 시간을 비슷하게 맞출 수 있었다. 공동조사단은 이미 현장으로 출발한 후였다. 택시를 탔다.

배봉읍 중리 맹씨행단을 지나서 버스 종점이 있는 마을. 공터 에는 마을회관이 있고, 낡고 쇠락한 구멍가게가 문을 꼭꼭 닫아 건 채였다. 텅 빈 마을 입구는 아직 잠들어있었다. 건너편 산자락 으로 안개가 수증기처럼 피어올랐다.

올해로 다섯 번째였다. 2014년을 시작으로 매년 2월 말이면 지방의 작은 마을을 찾았다. 소도시나 면 소재지에서 그리 멀지 않은 산, 알려지지 않은 계곡이 목적지가 되었다. 그곳이 '골'이었 다. '골로 간다'는 말을 만들어낸 한국전쟁 민간인 학살 현장이 있는 곳이다.

골로 향하려면 마을 안으로 들어가야 했다. 마을 뒤편으로 구 릉이 이어졌다. 민가가 끝나는 지점, 언덕바지 묵정밭에 컨테이

너 박스가 덩그러니 놓여있었다. 이곳이 공동조사단의 베이스캠프 격이다. 이곳에서부터 직접 유해발굴에 필요한 짐을 지고 올라가야 했다. 길은 가파르지 않지만, 양손에 물건을 들고 야산을 걸어 구릉을 하나 넘어가기엔 숨 가빴다. 젊고 힘 있는 이는 지게에 짐을 지고 옮겼다. 산속 현장은 늘 사람 손이 모자랐다.

일제 때 금을 찾아 땅의 맥을 끊어놓은 폐금광 터는 흔적도 없었다. 5차 유해발굴조사가 한창인 설화산 자락, 숲은 헐거웠다. 낙엽은 부엽토가 되지 못하고 쌓여 얼음을 물고 딱딱하게 굳어 있었다. 나무들도 곧지 못했다.

아름드리나무가 없는 것은 일제 때 심하게 벌목한 탓일 게다. 금광을 찾는 이들이 주위를 초토화시켰을 수도 있다. 후손의 손길이 살뜰해 보이는 묘지를 지나 나지막한 구릉을 넘으면 학살의 현장이다. 전쟁 때는 반대편 쪽에서 민간인들을 몰고 올라왔다 한다. 야트막한 야산 곳곳에 칡을 캔 구덩이가 파헤쳐져 있었다. 전쟁 이후 무서워서 아무도 오르지 않았다는 산에 사람들이 발자취를 남겼다.

늦가을부터 봄까지 온 산을 덮는 눈꽃이 아름다워 '눈, 꽃, 산'이라 불렀다는 설화산. 입안에서 이름이 맴돌았다. 산은 이름처럼 선이 고왔다. 붓끝 같은 봉우리가 있어 문필봉이라고도 불렀다고 하니, 그저 착하기만 할 것 같은 마을 뒷산이었다. 정상을

향해 다듬어진 등산로는 현장을 피해 우회했다. 중간 중간 계단
도 있고, 중턱쯤에는 운동기구도 가져다 놓았다. 능선 반대쪽에,
설화산 자락 한 곳이 무서운 학살의 현장이라는 걸 몰랐을까. 덮
었을까. 바람이 찼다.

겨울을 벗어나지 못한 나무들은 칡에 감겨 간신히 숨이 붙어
있었다. 그 아래 흙은 몇 개의 층을 이루고 있었다. 유난히 굵은
밤나무는 수령이 50년은 돼 보인다 했다. 두 갈래 줄기를 뻗은
밤나무는 우람했다. 이곳의 정령이었을 밤나무 아래서 유해가
나왔다. 켜켜이 쌓이고 엉켜서 무방비로 쏟아졌다.

"유해를 찾은 그 순간 하늘에서 눈이 내렸어요. 67년 만에 세
상을 본 피해자들의 눈물일 거예요."

천막 두 개 동과 임시 화장실은 사람이 떠나면 온기를 잃었다.
어둠이 내리기도 전에 찬바람이 골로 몰려왔다. 낮 동안 물기를
내뿜은 흙은 다시 얼음이 박히고 밤사이 땡땡해졌다. 아침에는
삽날이 들어가지 않았다.

유해발굴조사는 3월 내내 이어졌다. 얼음이 녹아 질척댈 때쯤
입구를 찾았다. 유해를 걷어내고 또 걷어내자 항아리 모양의 구
덩이가 모습을 드러냈다. 금광을 캤던 굴이라 하기에 턱없이 작
은 구덩이에 머리와 머리가 잇대어, 거꾸로 처박힌 유해가 층을

이루어 쌓여있었다. 비녀와 함께 출토된 어미의 두개골 아래에는 종잇장처럼 얇은 작은 두개골이 파묻혀있었다. 어미가 아이를 가슴에 품고 쓰러졌다. 10대 후반에서 20대 초반의 여인들 두개골이 뒤엉켜 나오고, 그 사이사이 어린아이들의 유해가 쌓여 있었다.

비녀가 90개나 쏟아져 나왔다. 모래알처럼 작은 이빨이 가지런하게 박혀있었고, 은가락지가 약지 뼈에 그대로 걸려있었다. 어린아이의 갈비뼈 사이에서 구슬이 나왔다. 무서워서 구슬을 꼭 쥐고 있었을 아이. 어미는 죽으면서도 실낱 같은 희망을 놓지 않았겠지.

트럭에 짐짝처럼 실어 배봉읍 중리3구 금방앗간에 가두었다가 수십 명씩 끌려 올라갔다. 항의하는 아낙은 그 자리에서 총살해, 지게에 지고 올라가게 했다. 죽음의 공포에 아이 입을 틀어막고, 아이를 안고, 업은 젊은 어미들이 산등성이로 몰려갔다. 사지로 가는 줄 번연히 알면서도 도리가 없었다. 온양경찰서장의 지휘 아래 대한청년단(청년방위대. 향토방위대)과 태극동맹 등 우익청년단체들이 학살을 주도했다.

"적국의 민간인이라도 저렇게 학살하지는 않았을 텐데…. 악마들의 짓이라고 할 수밖에 없어요."

자원봉사로 참여한 시민들은 유해발굴 현장의 참혹한 모습에 입을 다물지 못했다. 이곳에 반나절만 머물면 말수가 급격하게 줄어든다. 몇몇은 이따금씩 눈물을 찍어내곤 했다. 유해발굴 종합보고서에는 그간의 마음고생이 생생히 담겨있었다.

"2월 20일부터 약 40일 동안 진행된 이번 유해발굴조사는 미끄러운 산길을 하루에도 몇 차례씩 오르내려야만 했다. 눈을 치우고 비와 바람을 막는 일 또한 일상이었다. 많은 체력이 요구되는 장기간의 발굴조사 동안 가장 힘들었던 것은 비와 바람과 눈이 아니라 불에 그슬려 뒤엉킨 어린아이의 뼈를 수습하는 일이었다. 젊은 여성들의 쪽진 머리에 그대로 꽂혀있던 은비녀와 큰 돌에 눌려 형태를 잃어버린 어르신들의 머리뼈를 수습할 때였다."

흙을 조심스럽게 파내면 유해가 나오고, 부서지지 않게 드러내 햇빛에 마르면 사진을 찍고 걷어냈다. 다시 흙을 파 들어갔다. 쉼 없는 반복이다. 끝도 없이 삐죽삐죽 드러나는 유해는 부위별로 나누어 천막으로 올려 보냈다. 그곳에서 하룻밤 아세톤에 담가 불순물을 제거하고 수분을 증발시켰다. 흙속에 묻혀있던 유해가 빛을 보면 부식이 빠르게 진행되기 때문이다. 천막 주위는 중독성이 강한 냄새가 지배했다. 현장에서 1차 감식과 복원작업이 이뤄졌다.

플라스틱 박스는 하루가 다르게 늘어갔다. 유해는 쉽게 바스러져 흙과 구별이 어려운 조각이 너무 많았다. 채에 걸러야 했다.

작은 뼛조각과 가루를 모아 한곳에 묻고 온전한 유해만 부위별로 구분해 담았다. 한 달 동안 정밀 감식을 하고 유전자 검사를 하기로 했다.

학살당한 이들은 인민군 점령기에 '부역'을 한 이들의 가족이었다. 가족을 학살하기에 앞서 부역혐의를 받은 이들은 온양경찰서, 면사무소 창고에 감금되었다. 곡물창고와 배방역전 창고 등지에 분산 수용됐다 '장날 소떼 엮듯이' 새끼줄로 묶인 채 성재산 방공호로 끌려갔다. 그곳에서만 300여 명을 학살했다.

'무고無辜하다'고 한다. 허물이 없단다. 60여 년이 지나서야 죽음에 허물이 없다고 한다. 죽음이 무고하면, 허물이 없는 데도 죽어야 했으면 죽인 자의 허물은 얼마나 클까. 무고한 이를 죽인 잘못을 허물이라 할 수 있을까. 죽음을 수식하기에 무고함은 적합하지 않다. 무고한 죽음은 그냥 불의의 죽음, 범죄라 불러야 마땅하다. 죽음 앞에 무고함을 붙이는 행위는 비겁하다.

한국전쟁 당시 서울 인구가 350만 명이라 한다. 민간인 학살 희생자는 100만 명을 헤아린다. 서울 인구의 3분의 1이 어느 한 시기에 사라져버렸다. 생명체로서 대한민국에서 존재하지 못했다. 절멸이다. 절멸은 삼족을 멸하면서 철저하게 실현됐다.

섣달 저문 밤, 젊은 엄마의 손에 이끌려 눈 덮인 설화산 자락을 오르던 어린아이들의 울음소리, 입을 틀어막는 어미의 처절함에 아직 국가는 대답하지 않고 있다. 일상은 이곳의 슬픔과는 많이 비껴나 있다. 누군들 알았을까. 이렇게나 많은 민간인이 동포의 손에 잔인하게 학살당했다는 사실을.

과거를 그냥 두고 현재만을 이야기하고 살 수는 없다. 살아서 숲으로 가 주검이 된 이들을 기억하고, 진실을 밝혀내는 일은 이제 우리 모두의 일이어야 하지 않을까. 질문 없는 실천은 공허하고, 무모하지 않은 용기는 없다.

광장에 쓰러져 촛불로 타오르다

박태호

2016년 9월 초 '백남기농민대책위원회(이후 대책위)'에서 연락을 해왔다. 백남기 농민의 상태가 위중하니 장례절차 등에 관해 사전논의를 하자는 것이었다.

백남기 농민은 1948년 전라남도 보성군에서 태어나 중앙대에 입학해 유신철폐운동 등을 벌이다 1981년 귀향해 농사를 지었고, 1986년 가톨릭농민회에 가입해 우리밀살리기 운동에 앞장선 사람이다. 농민과 농촌을 사랑한 그는 2015년 11월 14일 민중총궐기 대회에 참석했다가 경찰의 물대포에 쓰러졌다.

나는 서울대병원 농성장에서 만난 손영준 카톨릭농민회 사무총장에게 백남기 농민의 상태와 이를 둘러싼 상황을 듣고 사회장社會葬과 관련한 자료를 전달하며 장례 진행 실무에 대해 설명했다. 그로부터 2주일 후인 9월 24일 그에게서 다시 연락이 왔고 바로 달려갔다.

"상태가 악화돼서 오늘을 넘기기 어렵다고 합니다. 장례를 준비해주면 좋겠습니다. 경찰은 어르신이 운명하면 바로 부검을 실시하겠다고 합니다. 어르신(백남기 농민)의 가족과 대책위는 사인(국가폭력에 의한 사망)이 명백하기 때문에 고인을 두 번 죽이는 부검은 단호히 반대합니다. 그것은 사인을 규명하기 위한 부검이 아니라 사인을 은폐하고 책임을 회피하기 위한 술수입니다. 우리는 경찰의 부검영장 집행을 막고 어르신의 시신을 지키기 위해 집중할 테니 한겨레두레는 장례 준비를 차질 없이 해주기 바랍니다."

손 사무총장의 말을 들으며 새삼 긴장감이 몰려왔다. 눈에 번쩍 불이 켜지는 것 같았다. 이 역사적인 죽음을 어찌 감당할 것인가. 일단 사무실로 돌아와서 각종 물품을 챙겼다. 인터넷 속보와 SNS를 통해 상황을 예의주시하였다. 서울대병원으로 경찰력이 속속 배치되고 있었다. SNS에서는 시신탈취를 막기 위해 서울대병원으로 집결해달라는 대책위와 여러 단체가 호소하는 글이 속속 올라오고 있었다.

나는 밤늦은 시간까지 조합 사무실에서 대기하다가 집으로 돌아와 자는 둥 마는 둥 뒤척이다 일요일 새벽에 다시 사무실로 나왔다. 점심 무렵 긴장 속에서 컵라면으로 요기를 하고 있는데 백남기 농민이 사망했다는 뉴스 속보가 떴다. 바로 서울대병원으로 출발했다. 대책위가 정문을 차단하기 바로 전, 간발의 차로 장례식장으로 들어갈 수 있었다.

아마 조금만 늦었어도 고인을 지키려는 시민과 시신을 탈취하려는 경찰의 대치로 인해 장례식장 진입 자체가 불가능했을 것이다. 전날 소개받은 최석환 사무국장과는 통화가 거의 되지 않았기 때문에 우선 서울대병원 장례식장 사무실로 갔다. 상황을 확인해보니 고인을 중환자실에서 장례식장으로 옮기려고 앰뷸런스가 출발했다고 한다.

일반적으로 규모가 그다지 크지 않은 병원은 본관과 장례식장이 연결돼있어서 고인을 이동용 들것에 실어 곧바로 지하통로를 통해 안치실로 옮길 수 있다. 하지만 서울대병원 같은 대형종합병원은 장례식장이 본관 건물과 멀리 떨어져 있어 앰뷸런스로 옮긴다.

잠시 후 앰뷸런스가 도착했는데 시민들이 병원 진입을 가로막았다. 부검을 위한 차량으로 오인한 것이다. 시신을 옮기기 위해서는 앰뷸런스를 진입시키는 것이 급선무였다. 시민들이 출입구를 물샐 틈 없이 가로막고 있었다. 부검이 아니라 장례식장 안치를 위한 차량이라고 목이 터져라 외쳤지만 아무도 비켜주지 않았다. 현장에 있던 대책위 관계자에게도 호소했지만 들은 척을 안했다. 누구도 믿지 못하는 상황인 것이다.

"대책위로부터 어떤 연락도 받은 게 없어요. 지금은 어떤 차도 들어갈 수 없습니다. 최석환 사무국장과 전화 연결되면 바꿔주세요."

최석환 사무국장과 통화를 시도했지만 통화 중이었다. 이를 어쩌나 난감해하고 있는데 한쪽 편에서 익숙한 얼굴이 다가왔다. 낯익은 얼굴이었다. "형이 여기 장례를 맡은 거예요?" 하며 웃는 그는 청년회 활동을 함께 하는 후배였다. 천만다행이었다.

스크럼을 짜고 한쪽을 막고 있던 단체는 '서울청년네트워크(서청넷)' 회원들이었다. 서청넷 대표와 인사를 나누고 상황을 설명했다.

"어르신이 중환자실에 있으면 더 위험합니다. 장례식장에 안치하는 것이 훨씬 안전합니다. 안치실 입구만 막고 있으면 구조상 경찰이 들어오기 어렵습니다."

그렇게 가까스로 앰뷸런스를 진입시킬 수 있었다. 장례식장 안치실까지 200여 미터를 이동하는 동안 수백 명의 시민이 앰뷸런스를 호위했다. 경찰은 장례식장을 밖에서 완전히 봉쇄했고 부검영장집행을 시도했다.

장례지도사가 장례를 치르기 전 제일 먼저 확인하는 것이 사망진단서이다. 아무리 일정이 급해도 사망진단서를 확인하기 전에는 절대로 염습을 하지 않는다. 사망의 원인이 심각한 전염병일 경우 감염을 예방하기 위한 조치를 해야 하고, 외인사나 기타 및 불상의 경우 무조건 경찰에 신고해야 한다. 보통 외인사나 기타 및 불상의 경우에 검사지휘를 받고 병사의 경우에는 별 문제 없이 장례를 치른다. 당연히 병사일 경우 부검할 일도 없다. 백남기 농민을 안치한 후 유족을 만나 사망진단서를 먼저 확인했다.

그런데 참으로 이상했다. 사망의 종류가 병사였다. 물대포를 맞고 사경을 헤매다 사망했는데 병사라니! 이런 경우는 분명 외인사가 맞았다. 이전까지 멀쩡했던 사람이 경찰의 물대포 충격으로 인해 의식을 잃고 결국 깨어나지 못했는데 어찌 병사가 될 수 있을까. 장례지도사인 나도 아는 문제를 그 똑똑한 의사들이 몰랐을까.

경찰은 과잉진압의 책임을 회피하기 위해서 외인사가 아닌 병사이길 원했고 그걸 확정하기 위해 강제로 부검을 시도한 것이다. 유족과 대책위는 병사가 아닌 외인사로 사망진단서를 정정해 줄 것을 요청했다. 이 비상식적이고 소모적인 논란은 2017년 6월 서울대병원이 사망의 종류를 외인사로 바꾸면서 9개월여 만에 겨우 끝이 났다.

부검영장이 발부된 시신을 염습해도 되는가. 장례지도사로서는 전무후무할 이 문제로 고민했다. 시신은 부패를 방지하기 위해 냉장시설이 되어있는 안치실에 안치한다. 냉장실 온도는 일반적으로 3~5일장으로 장례를 치를 경우를 대비해 맞춰져 있다. 시간이 경과하면 안치실 안에서도 시신은 부패한다. 그래서 장례가 길어질 것 같으면 냉동온도로 더 낮춘다.

백남기 농민의 장례는 언제 끝이 날지 알 수 없었다. 유족은 경찰의 진심 어린 사과와 재발방지 대책이 없다면 1년 이상 장례가 길어질 수도 있다고 했다. 나는 염습 후 입관하고 다시 안치하는 것이 낫겠다고 판단했다. 혹시라도 시신이 탈취돼 부검을 실시한다면 대렴까지 진행한 시신을, 멧베를 걷어내고 수의를 벗긴 후 꽁꽁 얼어있는 시신을 다루기가 쉽지 않을 것이라는 조그마한 저항심도 있었다. 유족은 내 의견을 받아들였다.

"유족과 대책위에서 염습을 하기로 결정했습니다. 오늘 저녁 7시 30분에 염습할 수 있도록 준비해주세요. 염습에는 유족과 신부님들, 대책위 관계자 일부만 참관하겠습니다. 혹시라도 시신 탈취 시도가 있을 수 있으니 외부에 염습 일정을 알리지 말아주세요."

"네, 정성을 다해 어르신을 모실 수 있도록 준비하겠습니다."

나와 동료들은 정성을 다해 염습을 진행하였고 유족은 엄숙한 종교의식 속에서 고인과 마지막 작별인사를 나누었다.

장례를 치르기 위해서는 많은 돈이 든다. 그 중에서도 밥값이 가장 많다. 백남기 농민의 장례에는 무려 43일에 걸쳐 수많은 시민이 참여했다. 하루 상주인원만 수백 명에 달했다. 이들의 식사를 어떻게 감당해야 할까. 단가가 평균 2만 원을 웃도는 장례식장 음식으로 해결할 수 없었다. 다행히 '밥차'가 지원을 나왔다. 밥차는 집회현장에서 참가자들에게 간단한 식사를 제공할 수 있게 조리도구가 갖춰진 차량이다. 밥차 운영자는 준비해온 음식을 제공하는 한편 SNS에 물품지원을 요청했다.

다음날 기적 같은 일이 벌어졌다. 무려 7대의 택배차량이 장례식장에 들어온 것이다. 택배차량에는 생수, 컵라면, 즉석밥, 쌀, 음료 등이 가득 실려있었다. 전국 방방곡곡에서 이름 없는 시민들이 보내온 갸륵한 정성이었다. 이것은 시작에 지나지 않았다. 며칠 동안 계속해서 택배차량이 장례식장으로 들어왔다. 장례식장 입구 공터가 물품으로 가득 찼다. 장례식장에서는 난색을 표했다.

장례식장 측은 백남기 농민 안치 이후 장례행사를 받지 못했다며 울상이었다. 수백 명이 노숙을 하고 심지어 장례식장의 주 수입원인 음식까지 외부에서 조달하면서 장례식장 주변을 창고처럼 사용하고 있으니 속이 터질 만도 했다. 장례식장의 불만은

주로 장례 담당자인 나에게 쏟아졌다. 나는 수시로 장례식장 사무실로 불려가야 했다. 처음에는 웃으면서 부드럽게 대하다가 시간이 지날수록 점점 비협조적이고 거칠게 닦달했다.

심지어는 전년도 매출장부를 가져와 손해배상을 청구하겠다고 협박했다. 나는 장례식장의 의견을 투쟁본부에 전달하면서도 서로 충돌하지 않도록 중간자 역할을 해야 했다. 결국 경찰이 유족과 협의 없이 부검영장을 강제집행하지 않겠다고 발표하면서 큰 마찰을 피할 수 있었다.

"대한민국 컵라면 종류는 다 먹어본 것 같아요."

대책위 관계자의 말이다. 장례식장에 답지한 물품은 43일 간의 장례기간 동안 시민의 허기를 달래주고 편의를 제공해 주었다. 사상 초유의 긴 장례가 끝난 후 남은 물품은 전국 곳곳의 농성현장에 보내졌다. 받은 이들은 마치 백남기 농민이 보낸 것처럼 기껍게 여겼을 것이다.

언제 끝날지 알 수 없던 장례는 국정농단의 핵심인물 최순실의 태블릿피시 발견 보도 이후 촛불로 이어졌다. 대책위는 장례위원회로 이름을 바꾸고 장례를 진행했다. 11월 5일 토요일 오전 8시에 발인해 명동성당에서 장례미사, 운구행진, 백남기 농민이 물대포에 맞고 쓰러졌던 뤼미에르 빌딩 앞 노제, 광화문 영결식 후에 고인의 고향인 전남 보성으로 내려가 보성장례식장에 고인을 안치하고 추모문화제 진행, 6일 오전 고인의 생가에서 노제, 보성역 노제, 광주로 이동해 금남로 노제, 광주 시내 행진, 광주 영락공원에서 화장해 망월동 민족민주열사묘역에 안치하면서 내 인생에서 가장 길었던 장례를 마칠 수 있었다.

나는 이 장례를 진행하면서 정말 육체와 정신이 다 고갈될 정도로 힘들었지만 참으로 많은 것을 배우고 느꼈다. 장례지도사로서 한층 성숙하고 발전할 수 있었던 내 인생의 최고의 경험이었다. 광화문 추모식장에서 그토록 외쳤던 구호가 아직도 귀에 쟁쟁하다. "우리가 백남기다." 광장에서 쓰러졌던 농민 백남기는 수백만 개의 촛불시민으로 부활했다.

내가 처음 치른 '사회장'은 우리시대의 대표적인 진보 지식인 리영희 선생의 민주사회장이었다. 사회장은 우리 사회 민주주의의 발전과 인권 증진, 평화와 정의를 위해 헌신해온 인물들의 장례를 말한다. '시대의 양심' '실천하는 지성'으로 불리는 지식인의 사표 리영희 선생은 2010년 12월 5일 향년 81세를 일기로 별세했다.

이때 내가 소속된 한겨레두레협동조합은 이제 갓 출범한 신생조합으로 의전조직과 상포계 시스템도 제대로 갖추지 못한 상태였다. 그런 조합에 리영희 선생 유족들이 "상호부조의 정신을 살려 좋은 협동조합을 해보라"며 선뜻 장례를 맡긴 것이다. 역시 리영희 선생 유족답다는 생각을 하면서도 걱정이 앞섰다.

이토록 큰 장례를 실수 없이 잘 치를 수 있을까. 겁 많고 소심한 나는 큰 부담과 걱정에 뜬눈으로 밤을 지새웠다. 그렇다고 걱정만 할 수는 없었다. 유사한 사례를 찾아보고 연구하면서 나름대로 치밀하게 장례를 기획했다. 그 결과 대과大過 없이 장례를 치를 수 있었고 고인의 유해를 광주 국립 5·18민주묘역에 무사히 안장할 수 있었다.

이때의 경험은 큰 자산이 되었다. 사회장의 진행 능력을 인정받았고 조합의 인지도도 높아져 지금까지 20여 건이 넘는 사회장을 맡아서 해왔다. 민주주의자 고 김근태 사회장, 민족 지도자 장준하 선생 겨레장, 민중의 벗 허병섭 목사 민주사회장, 노동·빈민운동가 윤웅태 동지 시민사회장, 일본군 '위안부' 피해자 이효순 할머니 시민사회장, 평화와 통일의 사도 홍근수 목사 통일사회장 등 우리 사회 곳곳에서 민주주의의 발전과 인권증진, 평화와 정의를 위해 헌신해온 인물들의 장례를 경건하고 엄숙하게 치러왔다.

어떤 사람도 죽어서는 아무것도 가져갈 수 없다. 모든 죽음은 평등하며 차별해서는 안 된다. 그럼에도 사회장을 치를 때면 일반 장례에 비해 신경이 더 쓰이고 부담스러운 것은 사실이다. 고인과 유족을 대하는 마음가짐이야 일반 장례와 다를 바 없지만 사회장은 추모행사를 비롯해 야외 영결식, 노제, 운구행진, 만장 등 준비하고 갖춰야 할 것이 많다.

물론 장례위원회가 구성되고 산하 위원회에서 행사를 기획하지만 원활한 진행을 위해 실무자가 챙겨야 할 것이 따로 있다. 정신없이 장례를 치른 후 녹초가 돼 앓아누운 적도 많다. 고되고 힘들지만 그렇기에 보람 또한 더 크게 느낀다. 내가 사회장을 치를 수 있었던 것은 장례지도사로서 큰 행운이자 행복이라고 생각한다. 그런 한편 더는 이런 사회장을 치르지 않았으면 한다. 그것은 우리 모두의 불행이기에. 다시 한번 삼가 백남기 농민의 명복을 빈다.

죽음을 기억하라

한석호

지금으로부터 30여 년 전, 1980년대는 군사독재의 시대였고 사회운동의 시대였다. 군사독재와 운동은 치열하게 겨뤘다. 운동은 민주주의를 위해, 또는 자본주의 체제를 전복하겠다는 기치를 내세우고 맹렬히 조직하고 투쟁했다. 그 길은 가혹한 고문과 폭력, 투옥의 지뢰밭이었다.

운동의 가슴속에서는 두 개의 심장이 용광로처럼 펄펄 끓고 있었다. 하나의 심장은 전태일이고, 또 하나의 심장은 5·18 광주 민주항쟁이었다. 분신과 학살이라는 차이는 있었지만 두 심장은 모두 사회적 죽음이었다. 운동과 죽음은 가까웠고 사회적 죽음은 역사적 삶이었다.

1983년, 대학 새내기로 한창 학생운동에 몰입하던 나는 4학년이 되면 분신하겠다고 생각했다. 선배에게 그 뜻을 밝혔다. 기겁한 선배는 한편으로 나무라고 한편으로 달래며 나를 설득했다. 살아서 투쟁해야 한다고 했다. 짧지 않은 기간 우리는 옥신각신했고 결국 나는 손을 들고 말았다. 마지못해 포기한 척했지만 실은 삶에 대한 미련과 죽음에 대한 두려움이 컸다.

노동운동을 하면서도 분신을 생각한 적이 있었지만 나는 그러지 못했다. 내 자신이 구차하게 느껴졌다. 그때마다 변명 삼아 결심했다. '분신을 각오했던 정신으로 물질과 명예와 권력 따위 그 무엇이든 나를 돌보지 않고 매진하겠다.' 죽을 때까지 자리를 놓고 경선하지 않을 것이며, 이른바 '관밥'을 먹지 않겠다는 다짐도 했다. 궂은일이나 피투성이가 되는 역할을 마다하지 않았다. 지금까지 나름 그 약속을 지키며 살아왔다고 조심스럽게 자부한다. 그러느라고 하나뿐인 딸아이를 가르칠 수가 없어 '공부동냥'까지 시켜야 했다.

아무튼 나는 살아남아 열심히 운동을 했다. 그런데 어느 순간 돌아보니 나도 모르게 장례전문가가 되어있었다. 장례위원회의 조직담당으로, 대외협력담당으로, 상황실장으로 숱한 장례를 치렀다. 분신하고, 목매고, 투신하고, 맞아 죽고, 고문당해 죽고, 의문의 죽음을 당했다. 그리고 또 병을 얻어 죽고, 사고로도 죽었다.

짧은 글에 다 나열할 수 없을 만큼 숱한 열사와 희생자들…. 그 속에는 진하게 술잔을 기울이며 형님, 동생 하던 이들도 있었다. 그 억울하고 처참한 죽음들 앞에서 눈물·콧물을 쏟아낼 때 내가 왜 운동을 해서 이런 죽음을 봐야 하나 하는 슬픔이 파도처럼 밀려들었다.

한때의 나는 전태일의 분신 결단 그 자체만 생각했다. 다른 열사의 죽음에 대해서도 마찬가지였다. 그랬는데 어느 노조의 교육 시간이었다. 강사로 전태일 얘기를 하다가 그의 나이가 한창 혈기왕성하고 꿈 많은 스물두 살, 더구나 사랑하는 어머니가 있었고, 사랑하고픈 여인까지 있었다는 생각에 갑자기 울컥했다.

"어린 동심 곁으로 돌아가겠다고 결심하며 죽음을 떠올렸을 때, 멋쟁이 청년 전태일은 얼마나 잠 못 이루며 갈등했을까. 1970년 11월 13일 그날, 평화시장 한 구석에서 몸에 석유를 부으며 얼마나 갈등했을까. 또 성냥을 만지작거리며 붙일까 말까 얼마나 갈등했을까. 몸에 불을 붙이고 뛰어나오면서 얼마나 살고 싶었을까. 스물두 살 청년 전태일은 얼마나 살고 싶었을까."

가슴이 먹먹해지면서 내 목소리는 잠겨 들고 눈시울은 붉어지고 말았다.

사람은 현재의 동물이다. 걸핏하면 현재에 빠져 과거를 까먹고 미래를 고민하지 않는다. 현재는 과거의 연장이고, 미래는 후

퇴할 수 있다는 생각을 하지 않는다. 현재와 같은 수준의 인권과 민주주의, 언론·집회·결사·양심의 자유에는 수많은 사회적 죽음이 깔려있다. 그것을 잊지 않아야 현재를 더 나은 방향으로 밀어갈 수 있고 평화로운 미래를 그릴 수 있다. 현재는 결코 저절로 이루어진 것이 아니다. 사회적 죽음을 잊는 사회에 미래는 없다.

막상 죽음이 닥치면 어쩔지 모르겠으나, 평소에 나는 내 죽음에 연연하지 않겠다고 스스로를 담금질했다. 딸과 아내에게 수차례 주문도 해놓았다.

"혹시 내가 사고로 쓰러지면 연명 치료를 절대 하지 마라."

그러면서 죽음 이후를 생각해보기도 했다. 나는 저승이든 하늘나라든 죽음 이후의 세상을 믿지 않는다. 내 육신과 정신은 분해되어 사방으로 흩어질 것이다. 그럼에도 사후 세계는 누구도 경험하지 못했기에 알 수 없다.

그래서 더 생각했다. 만약 기독교 계통에서 말하는 천국과 지옥이 있다면 어쩔 것인가. 나는 일찌감치 지옥을 선택하기로 결심했다. 지구 생명 가운데 가장 포악하고 탐욕스런 존재인 인간이 천국에 간다는 것 자체가 어불성설인데 신도 오류가 있을 수 있으니까 그것을 인정한다 치고, 아무튼 나는 기독교 신자들이 모인다는 천국에는 재미가 없어서 갈 생각이 없다. 그래서 다짐

했다.

'신을 빙자해서 전쟁을 일으키지 않나. 뒤로는 호박씨 다 까고 못된 짓 숱하게 한 위선자들이 득시글대는 천국에 가자고? 술·담배도 맘껏 못 할 텐데. 아서라. 차라리 지옥에 가서 지옥 민주화투쟁, 지옥 복지개선투쟁이나 하자.'

또 생각했다. 불교에서 말하는 윤회가 있다면 어쩔 것인가. 윤회설은 우주의 삶과 죽음이 순환하는 이치에 그나마 합당한 가설인데 그것은 내가 붙들고 늘어질 영역이 아니니까 그렇다 치고, 아무튼 나는 인간으로 태어나지 말자 서원했다. 내 목숨 부지하는 것 때문에 식량이 되어 자신의 목숨을 뺏긴 생명들, 또 나에게 맞아 죽거나 밟혀 죽은 숱한 생명들, 그 생명들의 먹이로 윤회하고 또 윤회하면서 그 생명들의 고통을 똑같이 경험하고 그렇게 무량억겁을 윤회한 뒤에는 무기물의 한 원소가 되어 우주를 떠도는 소망을 세웠다.

그러려면 현생에서 어떠한 미련도 남기지 말아야 한다. 내가 세운 삶의 뜻에 따라 하고 싶은 것 다 하고 깨끗이 죽자는 것이다. 요모조모 계산하면서 약아빠진 내 머리에게 남은 삶을 맡기지 말고, 계산할 줄 모르지만 우직하고 진정성 있는 내 마음이 명령하는 대로 살다가 죽자는 것이다. 삶의 좌표를 '후회 없는 죽음을 살자'로 정한 까닭이다.

나는 늘 죽음이 두려웠고 회피하고 싶었다. 태어나기 전이라 경험할 수 없었고 크면서도 몰랐는데 노동운동을 하던 어느 순간부터 할아버지의 비참한 죽음이 심연에 상처로 자리 잡고 있다는 걸 깨달았다. 할아버지를 죽인 청년들은 분위기에 휩쓸린 얼치기였겠지만, 어쨌든 이념이 뭔지도 모르는 농사꾼 할아버지는 좌파의 손에 죽었다. 그리고 나는 좌파를 내 삶의 방향으로 잡았다. 할아버지를 죽인 그것과 나의 그것은 대체 뭐가 같고 뭐가 다른가. 내 마음에 상처가 깊게 패었다. 아버지와 막내의 죽음은 숨구멍을 틀어막는 고통이었다. 남은 가족이 평균수명을 채우며 순서에 따라 죽어야 한다는 강박이 커져만 갔다.

운동에서 동지이자 벗으로, 형과 동생으로 만나서 동고동락하던 박창수, 조수원, 배달호, 김주익, 곽재규 같은 이들이 하나둘 열사가 되어 세상을 떠나고 유구영, 최명아, 이상식, 김종배, 박상윤 같은 이들이 이런저런 이유로 죽어가는 것도 견디기 힘들었다.

운동을 하지 않았다면, 일찌감치 포기라도 했다면, 모르거나 외면할 수 있는 죽음인데…. 남몰래 후회도 했다. 더는 정든 죽음들을 보고 싶지 않았다. 그러나 자꾸만 죽었다. 미칠 것 같았다. 내 영혼은 극한으로 몰렸다. 결국엔 주변의 죽음으로부터 도망쳤다. 마음의 문을 닫아버렸다.

그토록 죽음에서 도망치고 싶어 발버둥쳤지만 나는 결국 죽음과 함께하고 있다. 전태일재단에서 기획실장 겸 전태일 50주기 사업 위원장을 맡고 있다. 2020년은 전태일이 분신항거한 지 50년 되는 해이다. 전태일재단은 노동시민사회와 함께 전태일 50주기 운동을 2년에 걸쳐 전개한다. 극장용 애니메이션으로 되살아오는 〈태일이〉 제작과 관람 운동, 각계각층이 함께하는 양극화 극복 캠페인, 밑바닥 노동자와 영세상인 등을 지원하고 사회활동가 지원에 쓰일 풀빵기금 모금운동 등 다양하게 기획하면서 실행하고 있다. 남겨진 이들의 더 나은 삶을 위해서 죽음을 불러내는 것이다.

한편 나는 전태일과 더불어 또 다른 죽음과도 함께하고 있다. 세월호의 죽음이다. 대한민국 현대사에서 전 국민이 동일한 심리적 상태에 빠진 두 사건으로 한국전쟁과 세월호참사를 꼽을 정도로 충격이 컸던 죽음이다.

나는 세월호참사 당일부터 반년 가까이 공황상태에 빠져있었다. 노동자가 인간답게 사는 세상을 만들겠다고 운동을 했는데 노동자의 인간다운 삶은커녕 노동자들은 비정규직과 하청노동 등의 이름으로 여전히 밑바닥에서 한숨을 쉬고 있었다. 그것도 모자라 251명의 생때같은 아이들을 포함한 304명의 생명이 구조도 받지 못하고 한꺼번에 수장되는 믿기 어려운 일이 벌어졌다. 나는 낮에는 세월호참사 진상규명과 책임자 처벌 투쟁에 미친 듯 뛰어들었고, 밤에는 술통에 빠져 허우적거렸다. 그렇게 4년하고도 6개월이 흘렀다. 나는 4.16가족협의회 자문위원으로 매주 안산에 내려가고 있고, 또 4.16재단에서 상임이사 역할을 맡고 있다.

세월호참사 또한 사회적 죽음이다. 국가가 죽였고 사회가 죽였다. 그렇기에 국가가 기록하고 사회가 기억하게 해야 한다. 그래야 다시는 세월호참사 같은 사태가 벌어지지 않는 세상을 만들수 있다. 세월호참사 이전과 이후의 세상은 달라져야 한다고 모든 국민이 철석같이 약속했지만, 밀양의 요양병원과 제천의 스포츠센터, 종로의 고시원, 산업현장에서 참사는 계속되고 있다. 이저주는 현 세대에게 고통을 주면서 미래세대에게 고스란히 넘어가는 저주다. 이제 저주를 풀어야 한다.

'메멘토 모리', 죽음을 기억하라. 고대 로마에서 개선행렬에 붙잡혀 오는 적장에게 외치도록 했던 구호라 한다. 죽음이 두려우면 감히 로마에 대들지 말라는 의미였을 것이다. 지금은 죽음이 앞에 있다는 것을 기억하면서 삶을 살라는 뜻으로 쓰인다. 앞선 죽음을 소중하게 기억하고 나의 죽음을 맞이하자는 의미일 것이다. 한국 사회에 메멘토 모리는 더욱 필요하다. 사회적 죽음을 잊지 말고 기억하라. 그 죽음들을 기억하고 있어야 세상이 달라진다.

　나는 요즘 우울한 상상을 한다. 인공지능과 의료과학이 접목되면 어떻게 될까. 죽음마저 더욱 불평등해지는 것은 아닐까. 인간의 DNA를 바꾸는 의술이 현실이 되고, 늙은 생쥐를 젊은 생쥐로 바꾸는 동물실험이 일부 성공했다. 이러다가 부자들은 돈으로 생명을 사서 영원히 죽지 않고, 가난한 이들만 죽는 세상이 오는 것은 아닐까. 모든 인간은 죽는다고 하는 상황, 즉 물리적 수명과 죽음 앞에서 공평했기에 그나마 세상이 이 정도로 유지되고 있는데, 만약 부자는 죽지 않고 빈자만 죽는 세상이 된다면 참으로 황당할 것이다. 죽음을 기억하지 않는 인간이 무슨 짓을 벌일지 상상만으로도 암울하다. 나는 잘 살다 잘 죽는 인간세상을 희망한다. 간절하게.

기억노트, 삶을 기록하다

우은주

1964년 1월 1일 아버지는 일기의 첫 페이지를 써내려가기 시작한다. 새신랑이 된 그해 설날 풍경과 부끄러움과 떨림이 고스란히 묘사되어있다. 스물여섯 살 새신랑의 두려움과 설렘이 교차한다. 자식들의 탄생과 사소한 분쟁거리도 낱낱이 기록되어있다. 매년 시기를 놓치지 않고 적은 농사일지와 가족의 병원 기록이 남아있고 친인척의 결혼식까지, 꼬박 54년 동안 아버지의 기억이 이어진다. 언젠가 빈 백지로 남을 시간이 찾아오겠지만.

모서리의 보풀, 번진 얼룩과 누렇게 바랜 종이. 사소한 페이지 한 장 없이 시간은 거침없이 한 생을 관통했다. 혹여 군더더기가 있다면 일기에 적지 않고 무심하게 흘러간 대개의 날들이다. 중요한 정보를 담고 있지만 일상의 모든 순간을 담지는 못했다. 당연한 일이다. 그것은 결코 다 담을 수 없는 시간의 양이니까. 아버지는 반성과 돌아봄만을 위해 일기를 쓰지 않았다. 돌아봄을 통한 전진과 희망의 쓰기였다. 오늘의 일을 기록하지만 그것은 아직 찾아오지 않는 미래의 일들을 위한 행동지침이었다. 일 년 후의 날씨에 대처하기 위한 요령을, 누군가의 어깃장에 대비해 오늘 겪은 일들을 자세하게 묘사해놓았다. 의미를 찾기 위해 무 던히도 똑딱거림을 멈추지 않았던 볼펜처럼, 잉크가 닳고 버튼이 고장 날 때까지 아버지는 삶의 푯대를 향해 한 글자씩 걸음을 멈추지 않았다.

의미 있게 사는 삶은 어떤 모습일까. 구체적인 답을 낼 수 없 다고 해도 그것은 쉼 없이 자신의 삶에 질문하는 일일 것이다. 많은 이들이 명확한 지향을 갖고 살아가지는 않는다. 먼 시간을 내다보며 삶을 설계하는 것은 어려운 일이다. 정확한 목표를 세 우고 이루고 싶은 꿈에 착실하게 다가가며 살고 싶지만 삶은 계 획대로 움직여주지 않는다. 온갖 변수들이 등장하는 정글 같아 서 어느 마디쯤에서 미래를 위해 한 번씩 각오를 다지지 않는 이 상 살아온 관성의 힘으로 계속 살아간다.

그러다 어느 날 자신이 나이가 들었다는 자각에 이르면 그제 서야 삶을 돌아보게 된다. 급작스레 사랑하는 이를 떠나보냈거나 죽음의 문턱에 이르렀던 경험이 있거나 크게 아팠다가 일어났거 나. 이런 저런 이유로 삶의 지난한 경험을 했거나 드라마틱한 일들을 겪었다고 여긴다. 그것은 다분히 주관적인 판단임에도 특별한 생의 일기로 인식한다. 그렇게 느끼는 것도 당연하다. 삶의 다양한 일을 가장 또렷하게 기억하는 것은 오직 자신일 뿐이므로.

"내 삶은 평범했어요. 기록할 거리가 있는지 잘 모르겠어요."

기억노트 강좌에서 만난 한 어르신의 겸손한 고백이다. 그는 자신의 사전 장례식을 위해 지난 삶을 기록하는 방법을 택했다. 어린 시절부터 아내를 먼저 떠나보낸 일까지 기록했다. 초등학교 교사였던 그가 가장 아름답게 묘사했던 것은 어느 발령지의 은행나무였다. 아이들이 은행을 많이 먹고 배탈 났던 이야기. 오래전 동네 초등학교의 광경을 묘사한 글에는 어떤 자료에도 기록되지 않은 장면이 묘사되어있다. 사람들이 기억을 떠올릴 때는 특별한 사건만을 기억하지 않는다. 정물처럼 놓인 평범한 풍경을 꺼내기도 한다.

나이가 들면 자신의 삶에 관심을 갖게 된다. 내 이야기는 한 편의 장편드라마라고 자부하는 노인들을 만날 때면 더 그런 확신이 든다. 삶을 돌아보고 반추하는 것은 본연의 자기 색을 찾고 싶은 욕구의 발현이다. 돌아보는 것은 바라보기 위한 것이기도 하니까.

기억노트는 자기 삶을 돌아보고 정리해보는 노트이다. 삶의 여정을 적어 내려가는 한 인간의 연대기이며 생애사이다. 자신의 삶을 소재로 한 생애사 쓰기를 통해 현재 위치를 깨닫고 기억의 의미와 삶을 재구성해보는 시간을 갖는다. 사소한 일상을 써 내려가는 것이지만 자신이 그리고자 했던 세상에 대한 이해를 통해 앞으로 나아가고자 하는 욕구를 표현한다. 자신 안에 숨어있는 감정을 꺼내 이야기로 써보며 치유의 시간을 갖고 자신의 관점에 대해 확인한다. 이를 통해 기록의 필요성과 중요성을 터득하고 자신만의 글쓰기 노하우를 만들어갈 수 있다.

기억노트는 자신에 대해 알아보기 위해 쓰는 노트다. 내 삶을 만들어온 단어들의 기록이다. 그렇기 때문에 어디서부터 어떻게 써야 하는지 특별한 방법을 갖고 있지 않다. 삶을 마무리하거나 새로운 비전을 마련하기 위해 쓰기 때문에 일기와 다르다. 자신을 위해 쓰는 자신의 이야기이며 지난 삶을 돌아보며 현재를 지나는 이야기를 기록한다.

언젠가 닥칠 죽음에 대비해 신변을 정리해놓는다. 남기고 싶은 이야기나 가족에게 하고 싶은 이야기, 앞으로 하고 싶은 일을 써 내려간다. 자산과 장례식에 관한 내용, 남기고 싶은 내용과 과거와 현재의 삶을 정리해보며 미래를 계획한다. 사랑했던 사람들이 나를 기억할 수 있는 노트이다.

기억을 꺼내는 것은 박제된 자기 시간에 대한 애도 행위이다.

영원에서 왔다가 영원으로 사라지는 순간을 포착하는 일이므로 찰나의 기억이란 작고 사소하다. 무의미한 시간의 총합이기도 해서 일일이 다 꺼내 기록한다는 것은 소용없고 쓸모없어 보인다. 그럼에도 그것을 기억하고 기록하는 것은 의미 있다. 내가 살다 간 흔적을 표시하는 것이고 한 사람의 역사가 된다. 그것은 훗날 또 다른 나와 만나게 될 것이다. 그리고 누군가의 기록을 통해 위안받을 것이다.

기억은 과거의 시간 속의 물건에서 시작할 수도 있고 때로 중요한 사건으로 꺼내지기도 한다. 갖가지 이름이 붙은 감정이다. 동영상으로 재현되는 어느 시간의 물건이나 여러 개의 단어로 명명되기도 한다.

내가 기억하는 최초의 장면을 떠올려본 적이 있다. 하지만 정확지 않은 기억과 싸워야 했다. 할머니의 환갑잔치였다가 가족과 함께 간 나들이였던 시간이 다시 기억했을 때에는 장면은 바뀌어있었다. 뚜렷하지 않은 어릴 적 기억은 아버지의 일기장을 통해 겨우 재현되곤 했다. 기억은 현재 내 삶의 형태를 중심으로 재구성된다.

지난 시간을 통째로 꺼내놓고 그것을 표현할 수 있는 단어를 몇 개 써보자고 했을 때 강좌에 참석했던 이들 대부분이 깊은 한숨을 쉬었다. 쉽게 자신을 표현할 단어를 고르기 어렵다는 토로였다. 어떻게 그 긴 시간을 몇 개의 단어로 정리할 수 있겠느냐는 것이다. 그 말도 틀린 것은 아니다. 각자 자신만의 특별한 색으로 살아왔다는 것을 이해하기까지 시간이 걸렸다.

참여자들은 기억노트를 쓰면서 꺼내놓기 어려웠던 자신의 이야기를 시작했다. 어떤 식으로 살아왔는지 확인하고 싶어 하며 울고 웃었다. 선의의 시간을 뒤로 미룬 것을 반성하며 남은 시간은 타인을 위해 쓰고 싶다고 말하는 이도 있다. 아직 실천하지 않은 일에 대해서 준비하고 싶다고 했다. 그것에 대해 여전히 구체적 계획을 세우지 못한 까닭을 파악하게 되면 무릎을 친다. 시간이 얼마 남지 않았다는 사실에 절망하기도 하고, 살아온 시간을 대견하게 여기며 미뤘던 일에 대해 말하기 시작한다.

아버지의 일기장에도 아버지를 표현하는 특별한 단어들이 적혀있다. 대개 농사에 관한 것이지만 삶의 궁극적 지향을 그리는 희망의 표현이 포함되어있다. 몇 장의 일기에서 반복적이고 꾸준하게 발견된 표현은 아버지를 잘 설명하고 있다. 한 사람이 살아온 궤적은 중요한 몇 개의 단어만으로도 말할 수 있다. 상대를 이해하기 위해 그 사람의 말을 경청하는 것은 그가 쓰는 단어를 유심히 파악하는 것이다. 그것을 통해 그의 삶에 공감한다.

시간이 지나면 아픈 기억은 대체로 잊는다. 가급적이면 좋은 기억들로 채운다. 나치를 피해 지하방에서 어린 시절을 보내고 화학자가 된 로얄드 호프만이 죽음이 다가오는 공포의 순간을, 견딜 수 없이 답답한 지하방의 기억을 잊지 못하고 고스란히 몸에 아로새겼다면 끝내 살아남을 수 없었을 것이다. 그는 고통이 옅어지고 잊히기 때문에 살아갈 수 있었다고 한다. 우리는 매순간 행복할 조건을 최적화하며 살아가는 것은 아닐까. 어떤 기억은 잊고 어떤 생각은 오래 마음에 간직하면서.

자신이 어떤 존재로 기억될지, 기억노트는 단 한 번 유일한 삶을 위한 도구가 된다. 지금 순간의 행복을 위한 방법을 찾는데 도움이 된다. 기록되는 시간 속에 내가 존재한다. 하지만 우리가 기억하는 내가 정말 나인지는 알 수 없다. 구술채록을 위해 만났던 어르신들의 기억은 불안정했다. 감추고 싶었던 사건이 있었던 시간은 뭉텅이로 사라졌고 역사적 사실과 다르게 기억되는 개인사도 있었다. 그들은 다르게 재해석하고 기억하며 새로운 의미를 만들었다.

잊고 싶었던 순간이 있다면 그것은 기억하지 않아도 좋다. 때로 고장 난 기억을 안고 사는 것도 필요하다. 정확히 기록될 때 의미를 갖게 되겠지만 이야기하는 것만으로도 한 개인이 품고 살아왔던 상처가 치유된다.

삶을 정리해 꺼내고 폐기하는 것을 통해 결코 볼 수 없었던 자신의 얼굴과 대면한다. 때로 타인의 삶을 통해 제 얼굴을 짐작하고 더 겸손해지고 성찰의 시간을 갖기 위해 노력한다. 이 과정을 통해 두려움 없이 자신을 만날 수 있다. 기억노트를 쓰는 것은 자신의 삶을 지각하는 행위이다. 앞으로 나아가는 것이고 그것을 통해 인식의 지평을 확장하기 위해 노력하려고 시도한다.

기억노트는 함께 쓰고 함께 읽어볼수록 좋다. 삶이 언제나 아름다움이라는 결과로 오지 않고, 만족스러운 결과만을 가진 사람은 이 세상에 존재하지 않는다는 것을 알게 된다. 우리는 모두 과정으로의 삶을 살아간다. 왜 나만 이렇게 살까 생각하는 것은 타인의 삶을 몰랐기 때문이다. 그 힘으로 또 살아가게 된다.

사람들은 힘들 때 이야기를 들어주는 이를 찾아간다. 끝없이 이야기를 쏟아내면서 자신의 삶을 정리하며 해소한다. 기억노트 쓰기는 바로 그런 것이다. 끝내 죽어야 끝나는 것이 생이라면 살아있는 동안은 어떻게 살아가야 할지 방향을 가늠하는 것이 필요하다. 펜을 들고 지금 순간을 기록하며 내일의 시간을 꿈꾸어야 한다. 가급적이면 지금 당장 그것을 시작하는 게 좋다. 죽지 않았다면 삶은 계속되는 것이니까. 아직 끝나지 않았다.

집에 갈 때마다 아버지의 일기를 꺼내본다. 2018년 12월의 기록까지 매일 빠짐없이 적혀있다. 노트 사이 끼워져있는 삼색 볼펜이 전과 다르게 새롭다. 중요한 기록에 붉은 줄이 그어져 있고 파란 볼펜으로 첨삭한 흔적이 남아있다. 아버지의 일기가 진화했다.

뜨거웠던 태양처럼 한 사람의 생도 산마루를 넘어갈 날이 온다. 이지러지고 무뎌지는 시간 동안 삶의 마감을 준비하는 이와 그렇지 않은 이는 분명한 차이가 있을 것이다. 그러기 위해 대단한 방법이 존재하지는 않는다. 매일 자신의 삶을 기록하고 원하는 방향으로 가고 있는지 가늠해보는 것만으로도 충분하다.

아버지 일기의 첫 문장은 '세수를 하고 거울을 보니 한없이 부끄러웠다'로 시작한다. 새 신랑이 된 그의 마음에 깃든 희망의 기운이 글자마다 각인되어있다. 최근 페이지에는 김장에 관한 내용과 엄마의 병원 기록들로 채워져있다. 노트 사이에 끼워져있는 돋보기의 스크래치가 햇빛 아래 드러난다. 세월의 빗금만큼 삶의 굴곡과 여정을 지나온 고단함이 서렸다.

일기장을 덮으며 내년에 하고 싶은 일을 얘기하는 아버지의 표정에 드리운 것은 자기 가능성을 실현하고자 하는 한 사람의 의지이다. 그럴 수 있는 사람은 행복하다. 일기는 아주 느리고도 오래 아버지의 삶을 끌어오고 있었다. 먼 미래의 일들을 계획하며 지금 이 순간의 일을 기록하는 것을 잊지 않으면서.

아버지의 유언

임종한

세계경제가 장기불황의 늪에서 헤어날 줄 모르고 있다. 대기업 주도의 수출정책을 펴왔던 우리 경제도 활력을 잃으면서 저성장이 고착화되고 사회양극화는 더 심각해지고 있다. 우리 사회는 저성장에서 제로성장 사회로, 또 고령 사회로 빠르게 진입하는 중이다. 이런 가운데 우려되는 것은 지속적인 고용불안과 국민의 삶의 질 하락이다.

2014년 OECD(경제협력개발기구) 통계를 보면 공적인 사회지출이 GDP(국내총생산)에서 차지하는 평균 비율이 21.6%인데 한국은 10.4%밖에 되지 않는다. 34개 회원국 중 꼴찌이다. 그것도 절반에도 못 미치는 수준이다. 국가별 삶의 만족도, 노인가구 중 빈곤가구 비율, 65세 이상 노인 자살률도 최하위 수준이다. 경제규모 세계 12위를 차지하는 나라로서 정말 부끄럽기 짝이 없는 지표들이다.

고독사는 '아무에게도 보살핌을 받지 못한 상태에서 사망하고, 그 후로도 상당 기간 방치되는 죽음'을 말한다. 일본에서는 사회적 고립으로 인한 죽음이라는 의미로 '고립사孤立死'라고 부른다. 우리 사회에서 고독사는 빠른 속도로 증가하며 일상화하고 있다. 노인의 높은 자살률과 고독사는 사회양극화와 공동체, 급속한 가족 해체의 단면이라고 할 수 있다. 날이 갈수록 어두운 그늘은 더욱 짙어지고 있다.

나는 몇 달 전 아버지를 여의었다. 아버지는 보건복지부에서 오래 근무한 공무원으로 생전에 사회보장제도의 하나인 사회복지서비스에 대해서 많은 이야기를 들려주었다. 그 영향으로 누나는 간호사, 나는 의사가 되었다.

평소 저소득층의 어려운 여건과 고통에 대해 많이 안타까워하던 아버님은 당신의 장례 때 들어온 조의금 전액을 무연고자의 장례에 쓰도록 유언을 남겼다. 가족들은 아버지의 유지를 받들어 사회복지공동모금회(공동모금회)에 지정기탁하였다. 공동모금회 관계자는 지금까지 장례에 써달라며 기부한 사례는 없었다고 한다.

기부금은 가난해서 장례를 치르지 못하는 이들의 장례에 값지게 쓰이고 있다. 기부를 반대하는 가족은 아무도 없었다. 아버지의 유지는 우리 가족의 마음을 하나로 결속하게 해주었다. 이제 첫발을 뗐으니 앞으로 제2, 제3의 기부로 이어졌으면 하는 마음 간절하다.

살아서 빈곤과 차별에 시달리다 죽어서 장례조차 치르지 못한다면 그 얼마나 억울한 일인가. 아버지 장례를 치르면서 나는 우리 사회의 사회불평등과 장례문화에 대해서 많은 것을 생각하게 되었다.

요즘은 대부분 병원에서 장례를 치른다. 집에서 추모객을 모실수도 없고 장례를 치를 마땅한 공간도 없다. 그래서 병원이나 전문장례식장에서 장례를 치르게 된다. 하지만 장례식장은 고인이 거주하던 곳과는 아무런 관련이 없는 공간이다 보니 경건한 추모와는 거리가 멀어진다. 극단적으로 이윤을 추구하는 상업화로 치달으면서 엉뚱한 곳으로 가는 것이다. 포장지는 날로 화려해지지만 내용물은 부실하기 짝이 없는 상품이 장례이다. 이를 통해 상조회사와 장례식장은 엄청난 이익을 누린다.

장례식장의 주 수입원은 식음료 판매와 시설(접객실, 안치실, 염습실 등) 임대이다. 터무니없이 비싼 음식비와 임대료는 유족에게 큰 부담이다. 여기에 상조회사들의 바가지와 리베이트 관행이 더해진다. 장례 한 번 치르는데 평균 1500만 원 정도의 큰돈이 든다고 한다. 적지 않은 부담이다. 그나마 조문객이 많으면 다행인데 그렇지 않으면 '생돈'으로 메워야 한다. 생돈마저 없다면? 빚을 내는 수밖에 없다. 대한민국에서 이 정도 비용을 감당할 수 없다면 제대로(?) 된 장례를 치를 수 없다. 저승길 가는 데도 많은 돈이 드는 것이다.

아버지가 유명을 달리한 후 우리 가족은 3일 동안 대학병원 장례식장에 머물며 조문객을 맞이했다. 기독교 신자인 우리는 예배를 드리는 한편 정신없이 조문을 받고 입관과 발인 절차를 마친 후 경기도의 장지에 아버지를 모셨다. 그 꿈같은 시간은 순식간에 지나갔다.

3일 동안 많은 분들이 왔다 갔다. 그 분들 중에는 아버지를 알고 기억하는 이도 있었지만 유족의 얼굴을 보고 인사차 온 분도 많다. 귀한 시간을 쪼개 멀고 번거로운 위로를 해준 분들은 참으로 고맙지만 이것이 바람직한 장례의 모습인지 의문이 들었다.

현재의 장례문화는 편리함을 추구하는 사람들의 욕망과 이를 간파한 장례업자의 합작품이다. 자신의 집에서 수명을 다해 자연사한 분들도 병원 장례식장으로 가는 것이 현실이다. 조금 심하게 말한다면, 그곳에는 추모는 없고 보여주기식 의전만 있다. 고인을 추모할 시간은 없고 정해진 '매뉴얼'이 이를 대신한다. 순식간에 큰돈이 오가는 그곳은 '마트'와 다르지 않은 것 같았다. 판

돈이 오가는 도박판이라면 너무 심한 말일까.

극단적으로 상업화된 장례업이 성업 중인 이 나라에 가난하고 홀로 사는 이들이 들어설 곳은 없다. 살아서 차별과 소외, 가난에 시달리던 이들에게 자본은 최후까지 가혹하다. 자본은 돈 없는 이를 인간으로 대하지 않는다. 돈 없는 이들이 오르기에 그 사다리는 아득하고 높기만 하다.

무연고자와 저소득층 죽음의 문제는 최소한의 추모 기회조차 박탈당한다는 것이다. 고인은 추모를 받지 못하고, 고인의 지인은 추모할 기회가 없다. 이는 최악의 차별과 불평등이다. 가난한 가족은 시신인수조차 포기하는 경우가 허다하다. 고인을 거둘 가족조차 없다면 전문업체가 직장直葬 처리한다. 곧바로 화장장으로 직행한다는 뜻이다. 한줌 재로 남겨진 그의 죽음을 기억하는 이는 아무도 없다. 이별도 누군가에게는 사치일 수 있는 것이다.

죽음을 홀대하는 사회는 각박하다. 죽음은 곧 삶의 문제이며 죽음을 함부로 대하면 공동체도 피폐해질 수밖에 없다. 죽음을 애도하지 않는 사회를 누가 사랑할 수 있겠는가. 그런 공동체를 위해 헌신할 마음이 생기겠는가. 죽음을 고귀하게 대한다면 사회의 품격은 높아지고 인간관계는 따뜻해진다.

가족이나 지인이 고인을 거둘 형편이 못된다면 마땅히 공동체가 이를 대신해야 한다. 이별과 추모의 기회를 마련해야 한다. 그것은 그리 어려운 일도 돈이 많이 드는 일도 아니다. 지금까지 그럴 생각은 안 했기 때문에 못 한 것이다. 공동체의 구성원이 어느 날 세상을 떠났다면 우리는 마땅히 옷깃을 여미고 애도할 수 있어야 한다.

공동체 구성원이라면 누구나 최소한의 장례를 보장받아야 한다. 무연고자나 가난한 이들은 물론 한걸음 더 나아가 유족의 유무와 재정적 여건에 상관없이 공동체가 추모공간을 마련하고 장례절차를 진행할 수 있어야 한다. 이것이 이른바 '공영장례'인데 정부가 행정적·재정적으로 장례를 지원하는 것이다. 공영장례는 무연고사망자와 기초생활보장수급자, 차상위계층에 대한 보편적 복지로서 사회적으로 보장되어야 한다.

우리는 전통적으로 질병·실업·산업재해 등을 '구사회위험'으로 인식하였다. 하지만 전 세계적으로 인구고령화 현상이 나타나고 가족구조가 변화하면서 '신사회위험'이 제기되고 있다. 신사회위험이란 '탈산업사회로의 이행에 따른 경제·사회적 변화의 결과로 사람들이 생애 경로에서 새롭게 직면하게 되는 사회적 위험들'을 말한다.

인구·가족 구조·성역할 등의 변화로 인해 여성의 경제활동이 증가하면서 전통적으로 여성이 담당하던 가족 내의 돌봄 기능이 약화되었다. 이에 따라 어린이·노인·장애인 등에 대한 돌봄을 더 이상 가족이 해결할 수 없게 되었다. 이러한 돌봄 기능은 점차 사회보장의 형태로 해결해야 한다. 이러한 변화는 단지 빈곤층 가구에만 국한되지 않는다. 중산층 가구를 포함한 사회 전 계층에서 돌봄서비스에 대한 수요가 증가하고 있는 것이다.

전통적으로 관혼상제는 개인과 가족 공동체에게 중요한 문제였다. 특히 장례절차와 같이 죽음과 관련된 문제는 가장 중요한 돌봄 중 하나였다. 하지만 1인가구가 증가하고 가족이 해체되면서 이런 문제를 가족 공동체가 책임지고 해결하기에는 점차 한계에 이르고 있다. 사회양극화가 심해진다는 것은 소수의 부자와 다수의 빈자를 만든다는 뜻이다. 가난은 살아서의 고통을 넘어 죽음에까지 이른다.

기초생활수급자의 경우 고작 75만 원의 장제급여가 지원되고 있다. 이 정도로는 장례비커녕 시신수습조차 버거운 수준이다. 서울시가 권장하고 있는 '착한장례' 비용 600만 원의 8분의 1이다. 이런 상황이다 보니 어쩔 수 없이 직장 처리할 수밖에 없는 것이다.

장례는 죽은 사람의 존엄한 삶의 마무리에 그 기본적 의미가 있다. 또한 장례는 다른 가족과 지인에게 돌아가신 분과의 감정을 정리하는 의식이다. 슬픔과 애도의 기회를 생략하면 정신건강에 극심한 장애를 초래할 수 있다. 더욱이 그 이유가 돈 때문이라면 남은 가족에게는 평생 지울 수 없는 상처로 남을 것이다.

최근 들어 정부는 사회서비스를 산업으로 육성하기 위한 준비로서 사회보장기본법을 개정해 사회서비스의 범위를 정했다. 또한 사회서비스산업 특수분류를 도입해 정책 수립을 위한 통계 기반을 마련했다. 사회보장기본법에 따르면 '사회서비스'란 국가·지방자치단체와 민간 부문의 도움이 필요한 모든 국민에게 복지, 보건의료, 교육, 고용, 주거, 문화, 환경 등의 분야에서 인간다운 생활을 보장하고 상담, 재활, 돌봄, 정보의 제공, 관련 시설의 이용, 역량 개발, 사회참여 지원 등을 통해 국민의 삶의 질이 향상되도록 지원하는 제도를 말한다.

하지만 정부는 보건복지부의 바우처 사업이나 노인요양서비스 외에 구체적인 방안을 제시하지 못하고 있다. 이들 사업 역시 낮은 수가와 함께 영리업체 간 과열경쟁으로 고용불안을 낳는 등 사회서비스 공급의 기본 취지에 어긋난다. 취약한 보장 수준과 심각한 시장 실패의 전형적인 사례이다. 이제는 국민의 삶의 질 향상과 인간다운 생활보장을 위한 실질적인 대안을 찾아야 한다.

나는 장례와 더불어 죽음 직전의 고통 완화가 매우 중요하다고 생각한다. 고령인구와 만성질환자들이 늘어나면서 웰다잉과 호스피스 치료에 대한 관심 또한 높아지고 있다. 말기암이나 뇌사와 같이 회복가능성이 없는 상황에서는 호스피스 완화의료와 연명치료를 선택할 수 있다.

호스피스의 대상은 단순히 노인뿐만이 아니다. 호스피스·완화의료란 완치가 불가능한 말기환자가 품격 있고 평안하게 죽음을 맞도록 돕고, 가족의 정서적 고통과 슬픔을 덜어주는 일련의 과정을 뜻한다. 기대 여명이 6개월 이내로 현대의학으로는 더 이상 치료가 안 될 때 의사의 판단에 따라 의뢰하게 된다. 가장 중요한 부분은 환자의 통증조절과 정서적 지지이다. 인생의 마지막을 정리하고 가족과 이야기를 나눌 수 있는 시간적인 여유를 갖도록 해야 한다. 참을 수 없는 통증으로 힘들지 않도록 고통을 덜어줘야 한다. 자신의 삶을 돌아보고 정리할 수 있는 시간을 가질 수 있어야 한다.

생의 마지막 순간에도 인간의 존엄성을 유지할 수 있도록 공동체가 적극 나서야 한다. 건강서비스와 호스피스 완화의료, 장례서비스가 선순환할 수 있는 시스템을 구축해야 한다. 인간답게 살고 존엄하게 죽을 수 있는 사회가 건강하고 좋은 사회이다. 요람에서 무덤까지.